莫泊桑
中短篇
小说全集

CONTES ET
NOUVELLES DE
GUY DE MAUPASSANT

莫泊桑中短篇小说全集

CONTES ET
NOUVELLES
DE GUY DE
MAUPASSANT

图瓦
Toine

〔法〕莫泊桑 ◆ 著　　张英伦 ◆ 译

人民文学出版社

Guy de Maupassant
CONTES ET NOUVELLES DE GUY DE MAUPASSANT

图书在版编目（CIP）数据

图瓦／（法）莫泊桑著；张英伦译．－－北京：人民文学出版社，2025．－－（莫泊桑中短篇小说全集）．
ISBN 978-7-02-019052-2

Ⅰ．I565.44
中国国家版本馆 CIP 数据核字第 2024DH0100 号

吉·德·莫泊桑
Guy de Maupassant
1850—1893

译者摄于法国诺曼底莫泊桑的故居
阿尔克河上图恩维尔的米洛梅尼尔堡

张英伦

作家、法国文学翻译家和研究学者、中国作家协会会员、旅法学者。

◆ 一九六二年北京大学西语系法国语言文学专业本科毕业。一九六五年中国社科院外国文学研究所研究生毕业。曾任中国社科院外国文学研究所研究生导师、外国文学函授中心校长、中国法国文学研究会常务副会长、法国国家科学研究中心研究员。

◆ 著作有《法国文学史》(合著)、《雨果传》、《大仲马传》、《莫泊桑传》、《敬隐渔传》等。译作有《茶花女》(剧本)、《梅塘夜话》、《莫泊桑中短篇小说选》、莫泊桑中短篇小说分类五卷集、《奥利沃山》等。主编有《外国名作家传》、《外国名作家大词典》、"外国中篇小说丛刊"等。

保尔·奥朗道尔夫插图本《图瓦》卷封面

Toine

Par Guy de Maupassant

Librairie Paul Ollendorff (1903)

Illustrations de Valérie Rottembourg

Gravures de Georges Lemoine

本书根据法国保尔·奥朗道尔夫出版社出版的
插图本莫泊桑全集《图瓦》卷（1903）翻译

插图画家：瓦雷里·罗堂布尔
插图木刻家：乔治·勒姆瓦纳

译者致读者

吉·德·莫泊桑（1850—1893）是十九世纪法国文坛一颗闪耀着异彩的明星，他的《一生》《漂亮朋友》等均跻身世界长篇小说名著之林，而他的中短篇小说创作尤其成就卓著，影响广泛且深远，为他赢得"短篇小说之王"的美誉。

莫泊桑的中短篇小说深深植根于现实的土壤，题材广泛，以描摹他那个时代法国社会风俗为主体，人生百态尽在其中。对上流社会的辛辣批判和对社会底层的诚挚同情，是贯穿其中的令人瞩目的主线。他的慧眼独到的观察，妙笔生花的细节描写，在法国后期现实主义小说创作中出类拔萃。发扬法国文学的悠久传统，他的小说作品，无论挞伐、针砭、揶揄、怜悯，喜剧性手法是其突出的特色。

莫泊桑的中短篇小说，绝大部分首先发表于报刊，之后收入各种莫氏作品集。仅作家在世时自编的小说集就有十五种之多。

后世出版的莫泊桑作品集，影响最大的当推保尔·奥朗道尔夫出版社出版的《插图本莫泊桑全集》(1901—1912)。这套全集里的中短篇小说部分共十九卷，其中的十五卷篇目和目次均与莫氏自编本基本相同，即:《山鹬的故事》(1901)、《密斯哈丽特》(1901)、《菲菲小姐》(1902)、《伊薇特》(1902)、《于松太太的贞洁少男》(1902)、《泰利埃公馆》(1902)、《月光》(1903)、《图瓦》(1903)、《奥尔拉》(1903)、《小洛克》(1903)、《帕朗先生》(1903)、《左手》(1903)、《白天和黑夜的故事》(1903)、《无用的美貌》(1904)、《隆多利姐妹》(1904)；另有四卷为该出版社补编，即:《巴黎一市民的星期日》(1901)、《羊脂球》(1902)、《米隆老爹》(1904)、《米斯蒂》(1912)。这十九卷共收莫泊桑中短篇小说二百七十一篇。

我现在译的这部《莫泊桑中短篇小说全集》是以奥版《插图本莫泊桑全集》上述十九卷为蓝本，另将奥版未收的三十五篇作为补遗纳入十九卷中的九卷；迄今发现的三百零六篇莫氏中短篇小说尽在其中，并配以奥版的部分插图，可谓图文并茂。我谨将它奉献给我国无数莫泊桑作品的热情爱好者。

　　我译的这卷《图瓦》共有小说十七篇，前面十六篇是奥版插图本《图瓦》的完整再现，莫泊桑亲编十二篇均在其中，最后一篇《科西嘉的故事》选自奥版未收的篇目。

　　一八八五年十二月一日，小说家于斯芒斯，《梅塘夜话》的作者之一，在给友人的信中谈及出版界的情况时写道："短篇小说，不，在巴黎没有一个出版家会接受，因为这种样式的书卖不出去，但长篇小说有更多的机会。"

　　但莫泊桑的情况大不一样，他的短篇小说不但都首先有机会在报刊披载，而且他亲手编的小说集《图瓦》在一八八六年一月首版，一八八六年十二月第二版又问世，可见他的短篇小说颇有独步一时的盛况。

　　小说《图瓦》写的又是诺曼底农村。乡民生活的一角在这里得到鲜活的写照。让活人用身体孵小鸡，这真有些匪夷所思，把搞笑写到了恶搞的极致。在作家的笔下，生活气氛被烘托得那么真实而又浓烈。

　　《衣橱》写的是妓女，但是与色情丝毫无涉，揭开夜幕的一角，人们看到的是一个被侮辱与被损害者的血泪控诉，还有作者毫无保留的满腔同情，堪称文学精品。

通过《泰奥迪尔·萨博的忏悔》，洞悉宗教虚伪的无神论者莫泊桑，再一次发出了犀利的针砭，而且直指教会和政客，一箭双雕。读者也再一次领会到在这位文学天才笔下幽默具有的思想威力。

莫泊桑写情爱和爱情的小说何止百篇，很少有作家对这一题材做过如此深刻和全面的开发。但他在这类作品中向我们展现的大多是自私、猥琐、绝情、丑陋，甚至罪恶，让我们感受的是他的鄙夷、谴责，或者愤怒。像《拉丁文问题》这样呈献给读者的纯洁而又结局美好的爱，在他的笔下几乎是绝无仅有。为了这位悲观主义作家难得的欢乐，为了他俏皮而又精妙的文笔，为了成功描绘的三个同属小人物的主人公，这篇小说值得一再分享。

《我的二十五天》是据作家在法国多火山的奥弗涅地区接受温泉浴治疗的生活实录写成，也是他创作长篇小说《奥利沃山》的前期准备工作之一，两相对照，有心的读者可以领略他由此演绎成浩繁长篇的才华。

张英伦

二〇二二年四月三十日

目 录

图瓦 001
女气男人 021
邦巴尔 031
蒙吉莱大叔 045
衣橱 061
十一号房间 077
俘虏 093
我们的英国人 119
罗歇的方法 139
忏悔 151
怪胎之母 167
泰奥迪尔·萨博的忏悔 181
抽搐 199
完了 213
我的二十五天 227

拉丁文问题 247
科西嘉的故事 267

图瓦[*]

* 本篇首次发表于一八八五年一月六日的《吉尔·布拉斯报》,作者署名"莫弗里涅斯";一八八六年初首次收入马尔朋和弗拉马里恩出版社出版的莫泊桑小说集《图瓦》第一版。

1

方圆十法里①以内的人都认识图瓦老爹。这个胖子图瓦,"我的纯酒图瓦",安图瓦·马什布莱,绰号"甜烧酒"②,是回风村的小酒馆的老板。

这个缩在山谷深处的小村子,就是因为他才有了名气。这个山谷一直伸入大海。可怜的小乡村仅有十户被圩沟和树木围绕着的诺曼底农舍。

这些农舍蜷缩在长满青草和荆豆的沟壑里,背靠着一道弧形的山梁,回风村就由此得名。就像飞鸟在暴风雨来临

---

① 法里:法国旧时距离单位,一法里约为四公里。
② 甜烧酒:一种主要用咖啡和白兰地加糖制成的酒。

时躲避到垄沟里一样，这些农舍也仿佛在这山坳里获得了荫蔽，可以抵御海上的大风，大洋上吹来的风，猛烈而又带着咸味的风。这海风具有烈火般的腐蚀和灼伤力，也具有寒冬霜冻般的摧残和破坏力。

不过，这小村子似乎整个儿都成了安图瓦·马什布莱的产业。除了绰号"甜烧酒"，人们还经常叫他"图瓦"和"我的纯酒图瓦"，这后一个称呼来自他总挂在嘴边的口头禅：

"我的纯酒全法国数第一。"

当然啦，他的纯酒就是他的白兰地。

二十年来，他的纯酒和甜烧酒让当地人过足了酒瘾。每当人们问他：

"咱们喝什么呀，图瓦老爹？"

他总是雷打不动地回答：

"一杯甜烧酒呗，我的姑爷，又暖肚子又清脑，对身体再好不过了。"

他还有这样一个习惯：管什么人都叫"我的姑爷"，虽然他既没有已婚的也没有待嫁的女儿。

啊，对了！人们都认识"甜烧酒"图瓦，还因为他是全乡甚至全区最胖的人。他那座小房子好像故意跟他开玩笑似的，那么狭窄，那么低矮，简直装不下他。他整天站在房门外，人们不禁纳闷：他怎么能进到屋子里去？每来一位酒客，他就得进去一次，因为不论客人在他这儿喝什么酒，"我的纯酒图瓦"都有权受到邀请，抽个头儿，喝上一小杯。

他的酒馆招牌是"会友轩"，而他，图瓦老爹，也的确是这一方人的共同的朋友。甚至有人从费康[①]，从蒙维利埃[②]专程来看他，听他神侃找乐子；这个胖汉子啊，他能把墓碑也逗得放声大笑。他有一套方法，能够拿人开涮而又不惹人生气，眨一眨眼就能表达出不可言传的意味，说到高兴处拍拍大腿就能让你不想笑也得捧腹大笑，而且每次都很成功。此外，光看他喝酒的那个样子就是一大乐趣。人家请他喝多少他都能喝下去，什么酒都喝，而且在他狡黠的目光里闪烁着欢乐，那由他的双重快感合成的欢乐：首先是享用美酒的快感，其次呢，是捞到自己喝的酒钱的快感。

当地那些爱开玩笑的人常问他：

---

① 费康：法国西北部的一个港城，濒临拉芒什海峡，今属诺曼底大区滨海塞纳省。
② 蒙维利埃：法国诺曼底大区滨海塞纳省的一个市镇。

"你干吗不把大海也喝了,图瓦老爹?"

他总是回答:

"有两件事让我不能这么做:第一,海水是咸的;第二,先得把海水灌到瓶子里,因为我的大肚子弯不下去,没法在那个大杯子里喝。"

还有,他跟妻子吵架也很值得一听!那简直是一出花钱买票看也心甘情愿的喜剧。结婚三十年了,他们每天都要扯皮抬杠。只不过,图瓦总是闹着玩,而他老婆却是真动气。那是一个身材高大的农妇,走起路来迈着涉禽般的长腿,瘦而扁平的身体扛着老是怒目圆睁的猫头鹰似的脑袋。她在酒馆后面的小院子里养鸡消磨时间;尽人皆知,她有一套把鸡养得又肥又嫩的秘方。

费康的大户

人家宴请宾客，为了给酒席增添风味，总得炖上一只图瓦大妈养的母鸡。

不过，她天生就是个坏脾气，一切都看不顺眼。全世界都让她感到厌恶，而她最恼火的是自己的丈夫。她恨他总是那么乐呵呵的，名气那么大，身子骨那么硬朗，而且长得那么肥胖。她骂他是废物，因为他什么事也不干就赚了钱；她骂他是酒囊饭袋，因为他能吃能喝，一个人顶得上十个正常人。没有一天她不怒容满面地说：

"懒成这个样子，搁在猪圈里不是更合适吗？肥成这个样子，真让人恶心。"

她还常常冲着他的脸大喊大叫：

"等着吧，等不了多久啦；咱们很快就会看到报应的，很快就会看到！你这个大肥仔，就跟装粮食的口袋一样，早晚会撑破！"

图瓦总是一面拍着肚子开怀大笑，一面回答：

"喂！母鸡大妈，我的薄板儿，试试把你的鸡都养得这么肥吧。你倒试试看。"

说着，他高高卷起袖子，露出一条奇粗的胳膊：

"你瞧这只翅膀，大妈，这才叫翅膀呢。"

酒客们用拳头敲打着桌子，个个笑得前仰后合，高兴得像发了疯似的，跺着脚，直往地上吐唾沫。

老太婆更加气急败坏，又诅咒起来：

"等不了多久啦……等不了多久啦……咱们很快就会看到报应的……就跟装粮食的口袋一样，早晚会撑破……"

说着，她就在酒客们的哄堂大笑中，怒气冲冲地走开。

说实在的，图瓦那副尊容也的确让人触目惊心，他变得那么肥胖，那么臃肿，面色通红，又气喘吁吁。死神似乎最爱利用诡计、戏谑和恶作剧的方式跟那些大肥仔开玩笑，让它的慢性毁灭工作带上不可抗拒的戏剧色彩。而图瓦就是这些大肥仔中的一个。死神这个坏蛋，在其他人身上表现为头发变白，形体消瘦，满脸皱纹，一天比一天衰弱，以致让人大吃一惊："天哪！他变得多厉害呀！"而对他呢，死神却乐于把他催肥，把他变得古怪可笑，给他涂上红色或者蓝色的光彩，把他吹得鼓鼓的，让他看起来超乎常人地健康。它在别人身上引起的畸变看上去可悲又可怜，而他的形体变异却显得可笑、滑稽、逗乐。

"等不了多久啦，"图瓦大妈不停地念叨着，"咱们很快就会看到报应的。"

2

图瓦终于中风了,瘫痪了。人们把这个大胖子安置在小屋里躺着,与小酒馆仅一墙之隔,这样他就能听见隔壁客人们说话,跟朋友们聊聊天;因为他的身体,那硕大无朋的身体,虽然挪动不了,抬不起来了,只好待着不动,但他的头脑还是非常灵便的。人们本来还希望他的两条粗大的腿能多少恢复一点活力,可这希望很快就破灭了。"我的纯酒图瓦"从此便日夜都在床上度过;只有每周一次整理床的时候,请来四位邻居帮忙,抓住胳膊腿,把小酒馆老板拽起来,好把垫在他身子下面的草褥子翻个过儿。

然而,他欢快依旧,虽然这欢快与以往有所不同,多了些腼腆,多了些谦恭,多了些在妻子面前像小孩子般的畏惧。妻子整天牢骚不断:"我说得对吧,大饭桶!我说得对吧,大废物!大懒人!你这个大酒鬼!真丢脸,真丢脸!"

他不再回嘴。他只是在老太婆转过脸去的时候眨眨眼,然后就在被窝里翻个身,这是他还能做的唯一的动作了。他管这个动作叫"向北走"或"向南走"。

他现在最大的消遣就是听酒馆那边的人说话，或者在认出朋友的声音以后隔着墙聊会儿天。他会大声叫唤：

"喂，我的姑爷，是塞莱斯坦吗？"

塞莱斯坦·马卢瓦塞尔就回答：

"是我呀，图瓦老爹。你又能跑了吗，胖兔子？"

"我的纯酒图瓦"说：

"跑嘛，现在还不行。不过我没见瘦，身子骨硬朗着呢。"

不久，他索性把几个最要好的请进他的卧房，虽然看着别人喝酒没有自己的份很难受，总算有人给他做伴儿了。只听他一个劲地唠叨：

"我的姑爷，最让我伤心的，就是再也不能喝我的纯酒了，他妈的！别的，我还能自己安慰自己，可就是不能喝酒让我伤心透了。"

这时候，图瓦大妈猫头鹰似的脑袋就会出现在窗口，大声喊叫：

"瞧他呀，瞧他呀，这个好吃懒做的胖子，现在得像侍弄猪似的给他喂食，给他擦洗，给他收拾。"

老太婆走开以后，时而会有一只红羽毛的公鸡跳上窗台，睁着好奇的圆眼睛向屋里张望，然后发出洪亮的啼声；

有时候也会有一两只母鸡一直飞到床脚，寻觅地上的面包屑。

再过不久，图瓦的朋友们甚至连酒馆的店堂也不去了，每天下午径直到胖子的床边跟他聊一会儿。图瓦这个喜欢说笑的人，尽管躺着动弹不得，但是仍然能让他们开心解闷儿。这个活宝，他能把恶魔都逗乐了。有三个人是每天都要到场的：塞莱斯坦·马卢瓦塞尔，一个瘦高个儿，背驼得像苹果树干；普罗斯佩尔·奥尔拉维尔，一个干瘪的小矮子，长着一个白鼬的鼻子，机灵狡猾赛过狐狸；还有塞赛尔·波麦勒，他总是沉默寡言，不过照样玩得很开心。

他们从院子里搬来一块木板，搭在床边，就打起多米诺骨牌来，而且厮杀得很激烈，从两点一直打到六点。

但是，图瓦大妈很快就变得叫人无法忍受了。肥胖的懒丈夫躺在床上还照旧打骨牌开心取乐，这是她绝对不能容忍的；每当她看见他们又要开始打牌，就怒气冲天地跑过来，掀翻木板，没收骨牌，送回酒馆去，并且宣称养活这个无所事事的大肥仔已经够受的了，若再看着他娱乐玩耍，那简直是对终日干活的可怜人的嘲弄。

这时候，塞莱斯坦·马卢瓦塞尔和塞赛尔·波麦勒就低下了头；但是普罗斯佩尔·奥尔拉维尔却觉得她发火的样子很好玩，常常要逗弄她一番。

有一天，他见她比平日的火气更大，就对她说：

"喂，大妈，我要是你，你知道我会怎么办？"

她瞪着那双猫头鹰似的眼睛盯着他，等他说个明白。

他接着说：

"你的男人根本不下床，他的被窝热得跟烤炉似的，换了我，我就叫他孵鸡蛋。"

她大为惊讶，打量着这个乡下佬的精瘦而又狡黠的面孔，心想他又在嘲弄她。他接着说：

"哪一天我叫母鸡孵蛋，也在他这只胳膊底下放五个，那只胳膊底下放五个。一样能孵出小鸡来。孵出来以后，我就把你男人孵的小鸡抱给你的老母鸡，让它去抚养。这样你就多了一窝小鸡了。大妈！"

老太婆听得目瞪口呆，问：

"这能行吗？"

男人回答：

"能行吗？为什么不行？既然暖箱里能孵出小鸡来，当然也能放在被窝里孵啦。"

这番道理深深打动了她；她心里思量着这件事，气也消了，走出门去。

一个星期以后，有一天，她兜着满满一围裙鸡蛋走进图瓦的卧室，说：

"我刚把黄母鸡和十个鸡蛋放进窝，这十个是给你的。千万别压碎了。"

图瓦大惑不解，问：

"你要干什么？"

她回答：

"我要你孵这些鸡蛋，你这个废物。"

他先是讪笑，后来见她非要他孵不可，就生起气来，极力反抗，坚决反对把鸡蛋搁在他的胖胳膊底下，用他的体温孵小鸡。

老太婆气愤极了，宣布：

"你要是不肯孵小鸡，就别想吃烩肉。咱们走着瞧。"

图瓦有点不安了，便不再开腔。

等听到钟打十二点以后，他问道：

"喂！老婆子，浓汤①烧好了没有？"

老太婆从厨房里嚷道：

"浓汤可没有你的份儿，懒胖子。"

他以为她是说着玩的，就等着；可是久等不来，他就央告、哀求、赌咒发誓，绝望地做着"向北走""向南走"，拿拳头捶墙。他最后只好听凭老太婆把五个鸡蛋塞进被窝，紧

---

① 浓汤：法国人常吃的一种食物，加入洋葱、土豆、白菜、面包及肉类等食料熬成的汤。

贴身体左侧。然后他才吃上他那份浓汤。

朋友们来了,见他那副古怪、尴尬的神情,无不以为他得了重病。

他们像平日一样玩起骨牌来。不过图瓦似乎没有一点兴致,而且他伸手的时候也磨磨蹭蹭、小心翼翼。

"你的胳膊捆住了不成?"奥尔拉维尔问。

图瓦回答:

"我的肩膀有点儿沉。"

忽然,听见有人进了店堂。玩牌的人都安静了下来。

原来是村长和他的助理。他们要了两杯纯酒,就谈起本村的事情来。他们说话的声音很低,"甜烧酒"想把耳朵贴着隔墙听,却忘记了鸡蛋,突然来了个"向北走",身子下面就压出了一碟摊鸡蛋。

图瓦大妈听到他的咒骂声赶了过来。她立刻猜出了这场灾难，猛地一下把被窝掀开。面对粘满她男人肋部的那一片黄色糨糊，她先是呆住了，继而勃然大怒，气得连话也说不出来了。

接着，她咬牙切齿地向瘫子扑过去，使劲捶打他的大肚子，就跟她在池塘边捶衣裳一样。她的两只手就像兔子击鼓的两只前爪那样快捷，此起彼落，发出沉闷的响声。

图瓦的三个朋友笑得喘不过气来，又是咳嗽，又是流鼻涕，又是喊叫。惊慌的大胖子一面抵挡着老婆的攻击，一面还得加着小心，生怕再压碎那一边还夹着的五个鸡蛋。

3

图瓦被彻底制服了。他不得不孵鸡蛋，不得不放弃玩牌，放弃所有的活动，因为只要他压碎一个鸡蛋，老太婆就残忍地断绝他的伙食。

他仰卧着，眼睛冲着天花板，一动也不敢动，两只胳膊像鸡翅膀似的微微抬起，用身子焐着白壳里的鸡胚胎。

他说话也压低了声音，仿佛对声音跟对动作一样害怕。现在他也知道为那只孵蛋的黄母鸡担心了，因为它在鸡窝里干着和他一样的活计。

他常向老婆打听：

"黄母鸡夜里吃东西了吗？"

老太婆看完她的母鸡就去看她的男人，看完她的男人就去看她的母鸡，就像着了魔似的，脑子里想的尽是正在床上和鸡窝里成熟的小鸡。

当地知道这故事的人，出于好奇也好，真的关心也好，纷纷上门来打听图瓦的消息。他们就像进了病房似的，蹑手蹑脚地走进屋，关切地问：

"怎么样，还行吗？"

图瓦回答：

"行倒是行，就是热得痒痒地慌。好像有很多蚂蚁在我身上爬。"

一天早上，他老婆喜笑颜开地走进来，宣布：

"黄母鸡孵出了七只。有三个蛋是坏的。"

图瓦觉得心怦怦直跳。——他呢，他能孵出几只？

他怀着将要做母亲的女人的焦急的心情，问：

"是不是快了？"

老太婆生怕孵不出小鸡，凶狠地回答：

"沉住气！"

他们期待着。朋友们听说那时刻已经临近，很快也都来了，个个心情紧张。

家家户户都在谈论这件事。还有人到邻居家打探消息。

三点钟左右，图瓦刚昏昏入睡。他现在白天也要睡半天觉。忽然右胳膊底下一阵不寻常的瘙痒把他弄醒了。他赶紧用左手去摸，竟摸到了一只遍体黄茸毛的小动物，在他手里乱动。

他高兴得叫喊起来，手一松，小鸡就在他的胸脯上跑开了。店堂里原已聚满了人；这些喝酒的客人现在都拥进卧房来，就像看街头卖艺似的围成一圈。老太婆来了，小心翼翼地抓住缩在她丈夫胡子底下的小动物。

谁都不再言语。那是四月的一个炎热的日子。从敞开的窗外传来黄母鸡召唤它刚出世的小鸡的咯咯声。

图瓦又是激动，又是紧张，又是不安，汗都出来了。他低声说：

"现在，我左胳膊底下又有了一只。"

他老婆把她那又大又瘦的手伸进被窝，用接生婆一般精细的动作抓出第二只小鸡。

邻居们都要看看。人们互相传着小鸡，聚精会神地端详着，就像看什么怪物似的。

随后的二十分钟里，没有再孵出来；后来，却有四只小鸡同时破壳而出。

在场的人发出一片喧嚷。图瓦露出了微笑，他对自己的成绩颇感满意，并且开始为自己奇特的父亲身份感到骄傲。无论怎么说，像他这样的人是不常见的。真的！他真是个奇人。

他开心地说：

"一共六只。妈的，洗礼可就热闹了！"

围观者一阵哄然大笑。店堂里也挤满了人，还有人在门外等着进来。人们互相询问着：

"一共几只呀？"

"六只。"

图瓦大妈把这窝新孵出来的小鸡送到母鸡那里去。老母鸡得意忘形地咯咯叫着，支棱起羽毛，把翅膀张得大大的，掩护着它不断壮大的子女队伍。

"瞧，又是一只！"图瓦喊道。

他弄错了，是三只！这简直是一次大捷！最后一只在晚上七点钟突破蛋壳的包裹。十个蛋全部成功。图瓦欣喜若狂，不但获得解放，还感到光荣，热烈吻着这脆弱的动物的脊背，险些用嘴唇把它闷死。他要把这一只留在床上，一直留到第二天；他已经对自己赋予生命的这个小不点儿产生了慈母般的柔情。可是老太婆根本不理会丈夫的苦苦哀求，还是把它像其余小鸡一样抱走了。

在场的人都十分尽兴，谈论着这桩大事，陆续离去。奥尔拉维尔留到最后。他问：

"喂，图瓦老爹，你得请我第一个来吃烩鸡块哟，是不是？"

一想到烩鸡块，图瓦容光焕发，这大胖子回答：

"一定请你，我的姑爷。"

女气男人[*]

* 本篇首次发表于一八八三年三月十三日的《吉尔·布拉斯报》,作者署名"莫弗里涅斯";一八八六年底首次收入马尔朋和弗拉马里恩出版社出版的莫泊桑小说集《图瓦》第二版。

我们曾多少次听人说："这个男人很可爱，不过这是个女孩，一个真正的女孩。"人们这里说的是女气的男人，我们国家现时流行的瘟疫。

因为在法国我们都成了女气的男人，也就是说善变，异想天开，天真地轻浮，信念和意志都有始无终，像女人一样狂暴而又软弱。

但是女气的男人中最令人气愤的，肯定是巴黎人和经常活跃于巴黎林荫大道①的那些男人。他们的聪明外表比较明显，他们身上集中了可爱的坏女人的所有魅力和缺陷，而这一切又被他们的男人的体质夸大了。

我们的国民议会里就充满了女气的男人。他们在那里组

---

① 林荫大道：此处指巴黎市内从巴士底广场到玛德莱娜广场的几条连续的林荫大道，十九世纪末是巴黎最时尚和繁华的地带。

成了可爱的机会主义者的最大党派,以致人们可以称之为"迷人党"。这是些用甜言蜜语和骗人的诺言进行统治的人,他们善于通过握手来笼络人心,以最亲切的态度对他们根本不认识的人们说"我亲爱的朋友",甚至没有意识到就改变见解;他们对所有新思想都容易狂热,真诚地信奉见风使舵,像欺骗别人一样容易让人欺骗,第二天就记不得他们前一天肯定的事。

报纸上也充满了女气的男人。这也许是在那里最容易找到的,而且也是那里最必不可少的。当然,有几家报纸不在此列,譬如《辩论报》①和《法兰西新闻报》②。

可以肯定,所有优秀的记者都难免有一点女人味儿,也就是说,听从公众的旨令,灵活而又并非故意地顺应流行舆论的细微差别,变化多端而又反复无常,多疑而又轻信,凶恶而又忠诚,爱开玩笑而又像普吕多姆③一样爱教训人,热

---

① 《辩论报》:一家法国大报,一七八九年创刊,一九四四年停刊。在莫泊桑生活的时代,它有着共和保守派的倾向。
② 《法兰西新闻报》:一七六二年创刊,一九一四年停刊,保守派刊物。
③ 普吕多姆:法国漫画家、插图画家和剧作家亨利·莫尼埃(1799—1877)创造的一个典型人物,他平庸而自负,好用教训人的口吻说些蠢话。

情洋溢而又尖酸刻薄，经常根本不信却表现得深信不疑。

外国人，正如阿贝尔夫人①所说的，和我们正好是相反的类型，执拗的英国人和笨拙的德国人总是用惊讶中含有轻蔑的眼光审视我们，而且一直会审视到世界末日。他们说我们轻浮。事实并非如此，我们只不过是女气。这就是为什么，尽管我们有许多缺点，人们还是喜欢我们；尽管说我们坏话，人们还会回来找我们；这是爱的争执！……

女气的男人，人们在上流社会遇到的这种人是那么玲珑可爱，短短五分钟交谈就能把您征服。他的笑容仿佛是专为您做出来的；您只能想他的声音是为了您才有那悦耳的音调。他离开您的时候，您会以为认识他已经二十年了。如果他向您提出要求，您完全会借钱给他。因为他就像一个女人一样诱惑了您。

如果他对您有什么不轨的举动，人们不可能记恨他，因为您再见到他时，他仍然是那么亲切可爱！他会请求原谅吗？您还想求他原谅呢！他在撒谎吗？您甚至不可能想

---

① 阿贝尔夫人：全名阿德利埃娜－阿贝尔·德·皮若尔（1798—1873），女画家，深受雅克－路易·达维德的画风影响。

象他会做这种事！他用总是虚假的诺言没完没了地愚弄您吗？您会仅仅因为他许下诺言就对他感激不尽呢，就好像他不惜惊天动地来为您效劳了一样。

当他欣赏什么的时候，他心醉神迷，赞语是那么真诚，能把他的信念抛入您的灵魂。以前他崇拜维克多·雨果①，今天他当他是老糊涂。他会为左拉②而战斗，然后又抛弃他，走向巴尔贝·德·奥尔维利③。当他欣赏什么时，不容许有丝毫保留，您有一句不同的话，他就会打您耳光；但是，当他轻蔑什么时，他的轻蔑没有边际，而且不接受您的抗议。

总之，他什么也不懂。

请听听两个女孩的谈话吧：

"这么说，你跟茱莉亚闹翻了？"

---

① 维克多·雨果（1802—1885）：法国浪漫主义作家、诗人、戏剧家，主要作品有长篇小说《巴黎圣母院》《悲惨世界》《九三年》等，诗集《世纪的传说》《静观集》《秋叶集》等，剧本《爱尔那尼》等。
② 左拉：全名埃米尔·左拉（1840—1902），法国自然主义作家。主要作品有大型系列小说《卢贡-马卡尔家族》，包括长篇小说《萌芽》《小酒店》《娜娜》等。
③ 巴尔贝·德·奥尔维利（1808—1889）：法国作家，主要作品有长篇小说《老情妇》等，是反动贵族浪漫主义的代表。

"我扇了她一个耳刮子。"

"她怎么你了？"

"她对波丽娜说我一年有十三个月身无分文。波丽娜又告诉了贡特朗。你懂吗？"

"你们那时一起住在克娄赛尔街①吧？"

"我们一起在布雷达街②住过，那是四年以前的事了；后来，我们为了一双袜子闹翻了，她硬说我穿过她在马尔丹大妈那儿买的丝袜。没有这回事。于是我揍了她一顿。她因为这个就离开了我。半年前我又遇见她，她要我上她那儿去，因为她租了一个太大的房子。"

您走了过去，接下去的话也就听不见了。

但是，接下来的星期日，您去圣日耳曼③，那两个姑娘上了同一列火车。您立刻认出了其中的一个：茱莉亚的敌人。另一个呢？……就是茱莉亚啰！

---

① 克娄赛尔街：巴黎第九区的一条街道。
② 布雷达街：今称亨利·莫尼埃街，巴黎第九区的一条街道，接近克娄赛尔街，该街区多廉价卖淫的女子。
③ 圣日耳曼：全名圣日耳曼－昂－莱，巴黎西北郊塞纳河畔的一个城市，距巴黎约二十公里。

于是，她们一路上卿卿我我，柔声软语，互相倾诉各种打算。"你说吧，茉莉亚。""你听呀，茉莉亚。"如此这般。

那些女气的男人之间有的就是这种性质的友谊。在头三个月里，他须臾不离他的老雅克，他亲爱的雅克；世界上只有雅克，只有他有情趣，通情达理，才华横溢；只有他在巴黎算个人物。到处都能遇见他们在一起，一起吃晚饭，一起逛大街，每天晚上不下十次你送我到我的门口，我送你到你的门口，舍不得分手。

三个月以后，如果您再提起雅克，他会说："这是一个恶棍，一个坏蛋，一个无赖。行，我总算了解他了——他甚至不诚实，没教养！"等等，等等。

再过三个

月，他们又住在一起了。不过，一天早上，您听说他们决斗了；然后，就在现场，又是拥抱，又是痛哭。

总之，他们是世界上最好的朋友，虽然一年里有半年是不共戴天的敌人；他们时而尽情地互相诋毁，时而尽情地相亲相爱；他们亲热起来握手能把骨头捏碎，一句话不对头就准备捅破对方的肚子。

因为女气的男人之间的关系是不牢靠的，他们的情绪摇摆不定，他们的激愤说来就来，他们的柔情说变就变，他们的热情来得快也走得快。一天，他们和您情同手足；第二天，他们几乎不看您一眼。因为总体来说，他们有着女孩的天性，女孩的魅力，女孩的气质；他们的所有感情都如同女孩之间的感情。

他们对待自己的朋友就像坏女人对待她们的小狗。

他们疯狂地拥吻他们宠爱的小狗，喂它糖吃，让它睡在自己的枕头上；但是，一不耐烦，他们就会立刻把它从窗口扔出去，揪着它的尾巴像投石器一样旋转，使劲把它搂在怀里闷得它窒息，无缘无故就把它扔进凉水桶里。

因此，一个真正的女孩和一个女气的男人之间的爱情，会是多么奇怪的景象就可想而知！他打她，她抓他，他们相互憎恨；他们不能在一起又不能分离，因为一根说不清的心灵的神秘链条把他们连接在一起。她欺骗他；他知道，他呜咽，而他原谅。他接受另一个男人付钱的床，而且真心诚意地自认为无可指摘。他蔑视她，又崇拜她，而想不到她也有权利还他以蔑视。他们都残酷地经受着彼此造成的痛苦而又难分难舍；他们从早到晚互相劈头盖脸地倾倒一筐筐辱骂、责怪和恶毒的指控；然后，他们神经质到了极点，愤怒和仇恨得发抖，又彼此投入怀抱，忘乎所以地相拥，把他们颤抖的嘴和坏女人的心搅和在一起。

女气的男人既勇敢又懦弱；他比任何其他人都更有高度的自尊心，但又缺少最简单的正直。在某些情况下，他会气馁，做出他一点也没意识到的卑怯的行为；因为他觉察不到自己是跟着总被拖着走的思想摇摆。

欺骗一个供应商，在他看来是一件可以允许的、几乎是被迫必须干的事。在他看来欠债不还是体面的，除非是赌债，也就是说有些嫌疑的债。在上流社会的法律允许的某些条件下，他会干出骗人的勾当。如果他缺钱，会千方百计地借钱，对稍稍欺弄借款人毫无顾忌；但他会怀着真诚的愤怒，一剑刺死一个仅仅怀疑他不够高雅的人。

邦巴尔 *

* 本篇首次发表于一八八四年十月二十八日的《吉尔·布拉斯报》；一八八六年初首次收入马尔朋和弗拉马里恩出版社出版的莫泊桑小说集《图瓦》第一版。

西蒙·邦巴尔经常觉得生活很不顺心！他生来就有一种无法想象的什么事也不肯做的天性，而且有一种绝不违抗这一习性的过分的欲望。一切肉体和精神的努力，为完成一件事做出的任何运动，似乎都超出他的能力。一听见别人说到一件正经事，他立刻就变得心不在焉，因为他的脑子不能紧张，甚至不能提起注意。

他是康城[①]一个时兴服饰用品商的儿子，就像家里人常说的，他的时光就是在这个环境里流逝的，懵懵懂懂直到二十五岁。

可是他父母的生意从来没有兴旺过，而是总处在破产的边缘，因此他也备尝缺钱之苦。

[①] 康城：法国市镇，诺曼底大区卡尔瓦多斯省省会。

这是个高高的、胖胖的漂亮小伙子，蓄着诺曼底人常见的棕色颊髯，满面红光，蓝眼睛，傻乎乎，乐呵呵，肚子已经显而易见，穿得像外省人在节假日里一样花哨。他遇到什么事都爱笑，爱嚷，爱指手画脚，像旅行推销商那样信心满满地表露他狂风暴雨似的好心情。他认为活着就是仅仅为了吃喝玩乐和开开玩笑，如果一定要他节制一下他那喧闹的高兴劲儿，他马上就会跌入昏昏欲睡的愚钝状态，连发愁的能力都没有了。

对金钱的需要总困扰着他，他习惯重复的一句话周围无人不知：

"给我一万法郎年金，我可以做刽子手。"

不过，他每年都去特鲁维尔①过上半个月。他管这叫"度假"。

他住在表兄弟们借给他的一个房间里，从到的那一天到走的那一天，他每天都在沿着海滨大沙滩的木板道上散步。

他迈着志得意满的步子，两手插在裤兜里或者抄在背

---

① 特鲁维尔：全称滨海特鲁维尔，位于今诺曼底大区卡尔瓦多斯省，海滨浴场和重要温泉站，旅游胜地。

后，穿着宽大的衣裳，浅色的坎肩，戴着鲜艳的领带，礼帽歪在一边的耳朵上，嘴角衔着一支一个苏①的雪茄。

他往前走着，和窈窕妇女们擦肩而过，像随时准备"揍人"的壮小伙儿一样轻蔑地打量着男人们。他在寻找……寻找……因为他在寻找。

他在寻找一个妻子，凭着他的相貌，他的体格。他心想："嗨！在到这儿来的一大堆女人里，我总能找到我要的！"

他带着猎犬般的嗅觉，一个诺曼底人的嗅觉，寻找着，自信只要远远看一眼就肯定能发现她，那个能让他发财的女人。

---

① 苏：法国旧时辅币，五生丁等于一苏，二十苏等于一法郎。

一个星期一的上午，他一边走一边念叨着：

"——啊——啊——啊！"

天气好极了，是那种七月里碧蓝天空飘着橙黄彩云像在下着热雨的天气。广阔的海滩上满眼的人群、装饰、色彩，就像一个妇女乐园；挂着赭色风帆的渔船，在蓝色海面上几乎纹丝不动；海水倒映出的它们的身影，仿佛在十点钟的大太阳下睡眠。渔船面对木头防波堤停在那儿，一些船紧挨着，另一些船离得远些，还有一些船离得很远，都一动不动，仿佛深陷在夏日的怠惰里，无精打采，懒得远赴大海，甚至连驶进港湾的力气也没有。远处的一片雾霭中，隐隐看得见勒阿弗尔[①]海岸高处的两个白点，那是圣女阿德莱丝的灯塔。

他正在自言自语：

"啊，啊，啊！"这时他第三次遇见她，并且感到她向他投来的目光，她的成熟、老练、大胆、求爱的女人的目光。

他前几天就已经发现她了，因为她好像也在寻找什么人。这是个身材高挑、有点瘦削的英国女人，那种因为经常

---

① 勒阿弗尔：法国西北部城市，濒临拉芒什海峡，地处塞纳河出海口，法国第二大港口。今属诺曼底大区滨海塞纳省。

旅行和常见世面而变成了像男人似的大胆的英国女人。不过她的样子不赖，走路很利落，迈着碎步，衣着简洁，只是就像所有的英国女人那样，发式挺古怪。她的眼睛很美，颧骨突出，有点儿泛红，牙齿太长，总是探出头来。

他走到港口附近又往回走，想看看是不是能再遇到她。他又遇到她，并且向她投去一道火热的目光，就像在说：

"我在这儿。"

但是，怎么跟她搭话呢？他第五次又往回走；当他又看见她来到自己面前时，她故意让自己的阳伞掉在地上。

他连忙冲上前，把伞捡起来，递给她：

"请允许，太太……"

她回答：

"啊噢，您真可矮（爱）。"

他们互相看看。他们不知道说什么好。她的脸红了。

于是，他鼓起勇气，说：

"天气真好呀。"

她小声说："啊噢，太豪（好）了。"

他们又面对面待在那里，有些局促，不过无论是他还是她都没有走开的意思。她终于首先鼓起勇气，问：

"您在这个底（地）方待很久吗？"

他微笑着回答：

"噢！是的，我想待多久就待多久。"

接着，他突然建议：

"我陪您一直走到防波堤好吗？这样的天气，那里非常好看。"

她只是说：

"我很远（愿）意。"

于是，他们就并肩走去，她步履轻快而又稳健，他像开屏的火鸡似的摇晃着身体。

三个月以后的一个上午，康城有头有脸的商人都收到一个白色的大信封，里面写道：

普罗斯佩尔·邦巴尔先生和太太谨荣幸地告知您,他们的儿子西蒙·邦巴尔和寡妇凯特·罗伯逊太太已经成婚。

另一张纸上写着:

寡妇凯特·罗伯逊太太谨荣幸地告知您,她和西蒙·邦巴尔先生已经成婚。

他们把家安在巴黎。

新娘财产的定期利息净值一万五千法郎。西蒙希望每月有四百法郎的个人零花钱。他必须证明他的爱值得她做出这个牺牲;他很容易就证明了这一点,并且获得了他要求的犒赏。

最初一段时间,一切顺利。当然啰,年轻的邦巴尔太太不再年轻,她的姿色已经受到一些损耗,不再那么鲜嫩;不过她有一点很特殊:她要求一件事是不能拒绝的。

她会故意用她的英国腔调严肃地说:"喂!西蒙,窝(我)们去睡觉吧。"她一说这话,西蒙就向床那儿走去,就像一条狗听到主人命令"回窝"一样。而且她经常会提出这个要求，没日没夜，不容抵抗。

她不发脾气，不吵闹，不大叫大嚷，也从来不动怒，不伤心，甚至从来没有不高兴的样子。她很会说话，如此而已；而且她说得恰到好处，口气让人无法反驳。

不止一次，西蒙差点儿要抗拒；但是在这个古怪女人急切而又断然的欲望面前，他最后总是让步。

然而，他终究感到夫妻间的接吻太单调，而他口袋里也有点钱，可以为自己提供更丰富的东西，于是他很快就给自己买了一些更够劲儿的享受；当然，总要千小心万小心。

邦巴尔太太还是发现了，而他却一点也没有觉察；一天晚上，她向他宣布：她在芒特①租了一座房子，以后他们要去那儿住。

对他来说，生活变得更加难以忍受了。他尝试过各种各样的消遣，也无法抵消他内心征服女人的需要。

他钓鱼，懂得辨别鲌鱼喜爱的深度、鲤鱼和红眼鱼喜爱的深度以及欧鳊喜爱的河岸，懂得用不同的鱼饵引诱不同的鱼。

---

① 芒特：今全称芒特-拉若丽，巴黎西面塞纳河畔的一座古城，今属法兰西岛大区伊夫林省。

但是，看着浮标在鱼线尽头颤动的时候，萦绕他的头脑的却是另外的幻景。

他与专区办公室主任和宪兵队长成了朋友，晚上常在商务咖啡馆打惠斯特①。但他的忧伤的眼睛总在为梅花王后和方块王后脱衣裳；与此同时，这些双头像没有腿的问题彻底搅扰着他脑海里浮现出的形象。

于是他设想出一个计策，一个狡猾的诺曼底人的真正的计策。他让人给他妻子找一个适合他需要的女用人；他要的绝不是一个爱卖弄风情、打扮得花枝招展、姿色姣好的姑娘，而是一个脸色通红、腰圆背厚、身体魁梧的女人。这样的女人绝不会引起怀

---

① 惠斯特：桥牌的前身。

疑，是他为自己精心准备的。

市税局的局长，他的一个同谋，一个乐于助人的朋友，满怀信心地给他们找到了一个女人，并且为此人提供全面担保。邦巴尔太太便放心地接受了献给她的这个宝贝。

西蒙得意了；不过要享受这份幸福，他必须小心翼翼，还难免胆战心惊，需要克服种种难以想象的困难。

最初他只能短暂地躲开妻子不安的监视，有时在这儿，有时在那儿，而且不能放心大胆地行事。

不过他终于找到一个窍门，一个诀窍，一个方略，并且取得了完全的成功。

邦巴尔太太无所事事，很早就上床睡觉；在商务咖啡馆打惠斯特的邦巴尔，每天九点半准回家。他计上心来，让维克多丽娜在房子的走廊里，在前厅的梯阶上，在黑暗中等他。

他最多有五分钟的时间，因为他怕被出其不意地逮住；不过，时不时有五分钟来满足他的热情也就够了。完事以后他总会塞一个路易①在女用人的手里，因为在取乐上他是大

---

① 路易：法国金币，不同时期面值不同；一八〇三年至第一次世界大战期间使用的金路易等值当时的二十法郎。

方的，而她很快就回到顶楼去。

他笑了，暗自得意地笑了；他就像弥达斯①国王的剃须匠在河边芦苇荡里钓欧鲌时那样，高声重复着：

"老板娘，你上当啦。"

显然，对他来说，欺骗邦巴尔太太的快意，弥补了他收买本须征服的女人的美中不足。

可是，一天晚上，他像平常一样找到在梯阶上等他的维克多丽娜，感到她好像比平常更热烈，更兴奋；这次走廊约会，他也许延长到了十分钟。

他走进夫妻俩的卧房的时候，发现邦巴尔太太不在，顿时感到脊背上一阵寒战，紧张极了，倒在一张椅子上。

她手里端着一支蜡烛出现了。

他颤抖着问：

"你出去了吗？"

---

① 弥达斯：希腊神话中的一个人物，弗吉尼亚的一个国王，关于他有多种传说，其中之一是"驴耳朵"的传说。他在阿波罗和潘比赛时判后者胜，阿波罗便让他长出两只驴耳朵。他用头巾包起驴耳朵，吩咐剃须匠保守秘密。剃须匠在河边挖了个洞，把这秘密对洞讲了。洞里长出芦苇，微风吹过时发出咝咝声，泄露了这个秘密。

她心平气和地回答：

"我去厨房喝了一杯水。"

他竭力平息她可能有的怀疑；但是她似乎很平静，很高兴，很坦然。他便放心了。

第二天，他们走进餐厅吃午饭时，维克多丽娜正在把烧排骨端到桌子上。

她抬起身子的时候，邦巴尔太太两个手指捏着一个路易，递给她，用和气而又认真的语调对她说：

"拿着，我的姑娘，这是我昨天晚上然（让）您损失的二十法郎。我换（还）给您。"

姑娘张口结舌，接过金币，诧异地看着；而邦巴尔，惊慌失措，向妻子睁大了眼睛。

蒙吉莱大叔 *

* 本篇首次发表于一八八五年二月二十四日的《吉尔·布拉斯报》；一八八六年初首次收入马尔朋和弗拉马里恩出版社出版的莫泊桑小说集《图瓦》第一版。

在办公室里,蒙吉莱①大叔在人们看来是个怪人。这是个心地善良的老公务员,他一辈子只出过一次巴黎。

那是在七月末,我们中的每个人,每个星期日都要到郊区去,或者在草地上滚爬,或者在河水里扑打。阿尼埃尔②,阿尔让特依③,沙图④,布吉瓦尔⑤,梅松⑥,普瓦西⑦,不

---

① 蒙吉莱是法语"我的坎肩"(Mon gilet)的谐音。
② 阿尼埃尔:今全称"塞纳河畔阿尼埃尔",巴黎西北面塞纳河畔的一个市镇,今属法兰西岛大区上塞纳省。
③ 阿尔让特依:巴黎西北面塞纳河畔的一个市镇,今属法兰西岛大区瓦兹河谷省。
④ 沙图:巴黎西面塞纳河畔的一个市镇,今属法兰西岛大区伊夫林省。
⑤ 布吉瓦尔:巴黎西面塞纳河畔的一个市镇,今属法兰西岛大区伊夫林省。
⑥ 梅松:今名梅松-拉斐特,巴黎西面的一个市镇,今属法兰西岛大区伊夫林省。
⑦ 普瓦西:巴黎西面塞纳河畔的一个市镇,今属法兰西岛大区伊夫林省。

乏它们的常客和狂徒。所有这些有名的美妙的地方，没有哪个巴黎的职员不知道的，人们对它们的种种优点和好处总是津津乐道。

蒙吉莱大叔常说：

"一群帕努奇的羔羊①！你们的乡下，就那么美！"

我们也常问他：

"喂，蒙吉莱，您，您怎么从来都不出去走走？"

"对不起。我嘛，我乘公共马车游逛。我不慌不忙，在楼下的酒馆美美地吃完午饭，根据巴黎地图、公共马

---

① 帕努奇的羔羊：指盲目追随者。帕努奇是法国文艺复兴时代作家拉伯雷（约1493—1553）的小说《巨人传》中巨人卡冈都亚之子庞大固埃的朋友。他与商人丹德努尔发生纠纷，为了复仇，他买了后者一只羊，抛进海中，其他羔羊也都随之跳海溺死。

车路线图和换车表确定好我当天游逛的路线，然后就爬上公共马车的顶层，撑开阳伞，车夫一挥鞭，启程啰。啊！我看到的东西，哼，比你们多得多。我变换街区。从一条街到另一条街，居民是那么不同，就像在周游世界。我比任何人都更了解我的巴黎。另外，再也没有比夹层①更有趣的了。能在那里面看到的东西，尽管只是匆匆一瞥，也是难以想象的。只远远瞅见一个男人吼叫的嘴脸，就能猜想两口子吵架的那些场面。从理发店前面经过，只见理发师不顾客人满鼻子白色肥皂沫，只顾往街上看，让人忍俊不禁。跟女帽店老板娘互相抛个飞眼，眉目传情，只图个乐和，因为反正没时间下车。啊！能看到多少精彩的东西啊！

"这，这就像在看戏，在两匹马一路小跑拉着的马车上看到的自然戏剧，既有趣，又真实。见鬼去吧，我才不会用我乘坐公共马车的漫游，换你们在树林里傻里傻气的瞎逛呢。"

人家对他说："您不妨尝试一下，蒙吉莱，去一趟乡下，

---

① 夹层：指巴黎十九世纪建的某些楼房的一层楼和三层楼之间的夹层，也就是二层楼，一般比其他楼层低矮一些。

试试嘛。"

他回答:

"二十年前我去过一次,再也不会上当了。"

"那就讲给我们听听,蒙吉莱。"

"只要你们愿意听。你们都认识布瓦万①,我们管他叫布瓦娄②的那个前拟稿科员吧?"

"认识,当然认识。"

"事情是这样的——"

他和我是一个办公室的同事。这个无赖在科隆布③有一座房子,他一直邀请我到他家去过一个星期日。他对我说:

"来吧,玛居洛特④(他总开玩笑地叫我玛居洛特),你看吧,我们一定会玩得非常开心。"

我呢,就像傻瓜一样上了他的当,一天早上,乘八点

---

① 布瓦万(Boivin)是法语"喝酒"(Boit vin)的谐音。
② 布瓦娄(Boileau)是法语"喝水"(Boit l'eau)的谐音。
③ 科隆布:巴黎西北面塞纳河畔的一个市镇,今属法兰西岛大区上塞纳省。
④ 玛居洛特是法语"我的短裤"(Ma culotte)的谐音。

钟的火车出发了。我来到一个似是而非的城市，或者说是什么也看不到的乡间的城市，终于在一个两面墙之间的过道的尽头找到一扇破旧的木头门，门上有个铁门铃。

我拉响了门铃，等了很久才有人来开门。给我开门的是什么呀？我第一眼真没看出来：是一个女人还是一只母猴？她又老又丑，裹着一身旧衣裳，看上去脏兮兮，一脸凶相。头发里粘着几根家禽的羽毛，那神情像是要把我吞掉。

她问：

"您要干什么？"

"找布瓦万。"

"找布瓦万，您找他干什么？"

我被这个悍妇的盘问搞得很不舒服,结结巴巴地说:

"这个嘛……他在等我。"

她接着说:

"啊!来吃午饭的就是您吗?"

我吞吞吐吐地说出一个颤颤巍巍的"是"字。

她于是回过头,用刺耳的声音冲着房子那边大喊:

"布瓦万,你的人来了!"

原来这就是我朋友的妻子。小老头似的布瓦万很快就出现在房门口。那简陋的房子,墙上抹着灰泥,顶上盖着铁皮,活像个脚炉。他穿着一条污迹斑斑的白斜纹布裤子,戴着一顶积满污垢的巴拿马草帽。

握过我的双手,他就把我带到他所谓的花园去;那是在另一个走道的尽头,被大墙包围着手帕那么大的一小块地,四周的房屋很高,一天只能射进两三个钟头的阳光。一些蝴蝶花、石竹、桂竹香,几棵玫瑰,在这空气不流通、被周围房顶的反光像烤箱一样烘着的井底苟延残喘。

"我没有树,"布瓦万说,"可是邻居们的墙就是我的树。我就像在树林里一样阴凉。"

接着，他扯着我的上衣的一个纽扣，小声对我说：

"你来帮我一个忙。你也见识了我那位太太。她不怎么随和，是不是？今天，因为我请你来，她才给了我几件干净衣裳；但是，如果我把它们弄脏了，那就全完了。我只好靠你来给我浇花了。"

我欣然接受。我脱掉外衣，卷起衬衫袖子，两条胳膊轮换着，使劲转动着一个唧筒，那唧筒就像个肺痨病人似的呼啸着，嘶喘着，呻吟着，挤出一条华莱士饮水喷泉[①]那样的细流。要抽上十分钟才能灌满一个喷水壶。我像游泳似的浑身湿淋淋。布瓦万指挥着我。

"这儿……浇这一棵……再浇一点……够了……现在浇那一棵。"

喷水壶有个破洞，漏水，漏到我脚上的水比浇在花上的还多。我的裤脚都湿透了，沾满泥浆。我周而复始，

---

① 华莱士饮水喷泉：设在一些公共场所的饮水点，是一种铸铁的小亭子，多见于巴黎。第一座华莱士饮水喷泉于1872年出现在巴黎街头，它是由法国人夏尔－奥古斯特·勒布尔（1829—1906）设计，但以捐资普及此设备的英国人理查·华莱士（1818—1890）的名字命名。

连浇了二十壶,每次都把脚湿透,把唧筒的手柄摇得哼哼唧唧,弄得我大汗淋漓。我实在累坏了,刚要停下,布瓦万老头就拉着我的胳膊,央求我:

"再浇一壶……就一壶……马上就完了。"

为了感谢我,他送给我一朵玫瑰花,一朵挺大的玫瑰花;但是刚碰到我的纽扣眼,花瓣就全掉了;作为装饰,只剩下一个淡绿色的、硬得像石头似的梨状的小东西。我很惊讶,不过我什么也没说。

远远传来布瓦万太太的嚷声:

"你们到底来不来?跟你们说准备好了!"

我们向那个脚炉走去。

如果说花园是在阴影里,那么相反,屋里充满阳光,哈马姆①的第二间蒸汽浴室也没有我这位同事的饭厅里热。

一张黄色的木桌上摆着三个盘子，旁边是没洗干净的锡叉子。桌子当中放着一个瓦罐，里面盛着加了土豆再回锅的炖牛肉。我们吃起来。

一只长颈大玻璃瓶，装满了稍微带点红色的液体，吸引了我的目光。布瓦万有些不好意思，对他妻子说：

"我说，我亲爱的，机会难得，你不能给一点纯葡萄酒吗？"

她恶狠狠地盯着他看了一眼。

"好让你们俩都灌醉了，是不是？好让你俩在我家嚎一整天？去它的吧，机会！"

他不吭声了。吃完荤杂烩，她又端来一盘猪油烧的土豆。等这道菜也在始终沉默的气氛中吃完，她就宣布：

"完了。现在可以走啦。"

布瓦万惊讶地看着她。

"还有鸽子……你今天早上收拾的鸽子呢？"

---

① 哈马姆：一个阿拉伯词的译音，意为"大浴池"。一八七六年在巴黎开了一家以此为名的浴室。这种浴室一般有两间连续的蒸汽浴室，第一间温度达五十度摄氏，第二间达八十度摄氏。

她两手往腰上一叉：

"你们也许还没有吃够吧？别以为你带了人来，就有理由把家里的东西吃光。那我，我今天晚上吃什么？"

我们站起来。布瓦万往我耳朵里溜了一句：

"等我一分钟，我们一起走。"

说完，他就到厨房里去，他妻子已经回到那儿。我听见：

"给我二十个苏，我亲爱的。"

"你要二十个苏干什么？"

"谁也不知道会发生什么事。身上总得带点儿钱。"

为了让我听到，她大吼：

"不给，就一定不给你！既然这个人在你家里吃了午饭，至少你今天出去的花销，他应该替你付。"

布瓦万老头又回到我这儿。我想表现得彬彬有礼，对女主人又是点头又是哈腰，结结巴巴地说：

"太太……感谢……盛情招待……"

她回答：

"得啦！不过别把他灌醉了给我带回来，否则我可要找您算账。您听明白！"

我们出去了。

我们顶着大太阳穿过一片像桌面一样光秃秃的平原。我想摘路边的一种植物时,痛得叫了一声。这种植物叫荨麻。另外,到处散发着厩肥的臭味,臭得让人恶心。

布瓦万对我说:

"再忍耐一会儿,就要到河边了。"

果然,我们很快就到了河边。可是在那里,淤泥和脏水臭气熏天,太阳照在水面上是那么强烈,刺得我的眼睛火辣辣的。

我求布瓦万快找个地方进去待一会儿。他带我走进一座挤满了人的小房子,一家内河水手常去的小酒馆。他对我说:

"这儿外表不起眼,不过里面挺舒服。"

我很饿。我叫了一份摊鸡蛋。可是酒刚喝到第二杯,布瓦万这无赖就失去了理智,我明白为什么他老婆只给他喝大量掺水的淡酒了。

他胡言乱语,站起来,想显示一下自己的力气,掺和到两个打架的酒鬼中间去拉架;要不是老板出面调解,我们两个都得送命。

我就像搀扶醉鬼一样扶着他，拖着他走；遇到第一个灌木丛，我就把他放下。我自己也躺在他旁边。我似乎还睡着了。

我们想必睡了很长时间，因为我醒的时候天已经黑了。布瓦万还在我身旁打鼾。我推推他。他起来了，尽管还醉醺醺的，不过稍微好了一点。

我们又出发了，在黑暗中穿过平原。布瓦万声称找得到回家的路。他带着我一会儿向左转，一会儿向右转，一会儿又向左转。既看不到天空，也看不清地面，我们在一片全是齐鼻子高的木桩的林子里迷失了方向。其实那是一片用木桩支撑葡萄树的葡萄园。四下里看不到一盏煤气灯。我们在里面转了可能有一两个钟头，绕来绕去，跌跌撞撞，伸着两条胳膊，像发疯了似的，怎么也找不到头，我们总是不得不又走回头路。

后来，布瓦万撞在一根柱子上，碰破了脸。他再也不走了，索性坐到地上，扯着嗓子连声喊叫："有——人——吗？！"喊声拖得很长，也很响。我也使尽全身力气呼喊："救命呀！"并且点亮了一根蜡绳，一方面能给营救的人照路，一方面也给自己壮壮胆。

终于，一个赶夜路的农民听见我们的喊声，把我们领上了正路。

我把布瓦万一直扶到他的家。我正要把他留在他家的花园门口，门猛地打开。他妻子手里拿着一支蜡烛出现，把我吓了一大跳。

她或许天一黑就在等她的丈夫，一看见他，就向我冲过来，吼叫着：

"啊，坏蛋！我就知道你会把他灌醉了带回来！"

真的，我拔腿就逃，一口气跑到火车站；我担心那个悍妇会追来，便把自己关在厕所里，因为下一班火车要半小时以后才到。

这就是为什么我从来不结婚，为什么我再也不走出巴黎。

衣橱*

＊ 本篇首次发表于一八八四年十二月十六日的《吉尔·布拉斯报》，作者署名"莫弗里涅斯"；一八八六年初首次收入马尔朋和弗拉马里恩出版社出版的莫泊桑小说集《图瓦》第一版。

晚饭后,大家谈起妓女来。——男人们在一起,又能谈些什么呢?

我们中间的一个人说:

"瞧!说到这档子事,我倒是有过一次离奇的经历。"

他于是讲起来。

去年冬天的一个晚上,我突然感到一阵疲惫,也就是那种经常困扰我们的身心、令我们神昏意懒难以忍受的疲惫。我那时在自己家里,孤零零一个人;我清楚地知道,如果这样待下去,可怕的忧郁症就会发作,而这种忧郁症如果频繁发作,是会导致自杀的。

于是我穿上大衣,走出去,不过还根本不知道要去做什么。我向南一直走到林荫大道,便沿着一家家咖啡馆溜达起来。咖啡馆里几乎都空无一人，因为在下雨，一种能淋湿衣裳也让人郁闷的毛毛雨；不是瀑布似的倾泻下来、把气喘吁吁的行人赶到门洞里躲避的那种淋漓的滂沱大雨，而是连雨珠都感觉不到的霏霏细雨；它把几乎看不到的雨的微粒不断洒下来，很快就铺成一层冰冷而又能渗透衣裳的水的苔藓。

做什么呢？我走过去又走回来，想找一个可以消磨两个小时的去处。这时我才发现，在巴黎，到了晚上，居然没有一个地方可以散散心。最后，我决定走进牧羊女游乐场①，一个好玩的有妓女活跃的大厅。

大厅里人很少。马掌形的游廊里只有一些下里巴人，他们的举止、衣着、头发和胡子的样式、帽子和脸色，处处都表现出他们凡夫俗子的根性。难得偶尔看到一位男士像是梳洗过而且梳洗得像模像样，上下穿戴得协调的。至于妓女嘛，依然是那几个，你们都认识的那几个让人望而生畏的姑娘，相貌丑陋，神劳形瘁，皮松

---

① 牧羊女游乐场：巴黎一座著名的游乐场，位于巴黎第九区牧羊女街，内有各种游乐节目，也有妓女活动其间。

肉懈，迈着猎人的步子，莫名其妙地都摆出一副愚蠢的傲慢神态。

我心想，这些体态已经变了形的女人，与其说她们胖，不如说她们浑身肥肉，这儿臃肿，那儿瘠瘦，肚子大得像议事司铎，还长着两条涉禽般的外八字腿，别说不值她们开口要的五个路易，就连她们好不容易挣到的那一个路易也不值。

可是，我突然发现一个小个子女子，看上去还可爱，不算很年轻，但是还比较水灵，很有趣，招人爱怜。我叫住她，莽里莽撞的，没多想就给出一个过夜的价儿。我不想回家，我觉得孤单，太孤单了；有这样一个逗乐的姑娘陪陪，总要好过些。

于是我就跟她走了。她住在殉道者街的一幢很大很大的楼房里。楼道里的煤气灯已经熄了，我慢慢地爬上楼，过一会儿就点燃一根蜡绳照着亮，就这样还老绊在阶梯上，踉踉跄跄的，只听见她的裙子在我前面的窸窣声，弄得我很不开心。

她在五楼停了下来；把外面一道门关上以后，她问：

"这么说，你是要一直待到明天喽？"

"是呀。你很清楚，我们是讲妥了的。"

"好吧，我的宝贝，我只是随便问一声。你在这儿等我一分钟。我马上就回来。"

说罢，她就把我撂在黑暗里。我听见她关上两扇门，接着又好像听到她说话。我有些惊讶，惴惴不安起来。一个想法闪过我的脑海：也许有一个权杆儿①。不过我的拳头和腰杆都硬实。我想："咱们走着瞧。"

我支着耳朵聚精会神地听着。里面一阵忙乱，有人走动，不过都是小心翼翼、轻声轻气的。接着，又打开一扇门，我似乎又听见有人说话，不过声音极低。

她回来了，手里端着一支燃亮的蜡烛。

"你可以进来啦。"她说。

以"你"字称呼我，表明她现在属于我了。我走进去，先穿过显然从来没有人吃过饭的饭厅，来到天下妓女大同小异的卧房。那房子是带家具出租的，挂着棱纹平布的窗帘，深红色绸面儿的鸭绒被子上布满可疑的斑点。她接着说：

---

① 权杆儿：靠妓女生活的人。

"别拘束,我的宝贝儿。"

我用怀疑的目光巡视了一遍这间屋子。不过看起来并没有任何令我不安的地方。

她脱衣服的动作是那么麻利,我大衣还没有脱下来,她已经钻进被窝了。她笑了起来:

"喂,你怎么啦?干吗还在那儿发呆?喂,快来呀。"

我有样学样，很快便与她会合。

五分钟以后，我就恨不得马上穿衣服走人。不过，在家里侵袭我的那种难以忍受的疲惫依然困扰着我，让我失去动弹的气力；尽管睡在这张公用的床上令我反胃，我还是留了下来。在游乐场的枝形灯照耀下，我原以为在这个女人身上看到的性的诱惑，一搂在怀里就消失殆尽；现在肉贴肉挨着我的只是一个和其他窑姐儿别无二致的俗物。她那仅为迎合顾客而毫不动情的吻，还带有大蒜的余味。

我跟她聊起天来。

"你住在这儿已经很久了吗？"我问她。

"到一月十五日就整半年啦。"

"你来这儿以前住哪儿？"

"住在克娄赛尔街。但是女门房老找我的麻烦，我就退了。"

于是她跟我没完没了地说起女门房如何说她闲话的故事。

这时，我突然听见离我们很近的地方有动静。起先是一声叹息，继而又是一下响动，虽然很轻，但是很清晰，就像有人在椅子上转了个身。

我猛地在床上坐了起来，问：

"这是什么声音？"

她自信而且冷静地回答：

"别紧张，我的宝贝，是隔壁的女人。隔墙太薄，什么都听得见，就像在跟前一样。这种破房子，简直就是纸板搭的。"

我太懒了，又钻进被窝。我们又谈起闲话来。愚蠢的好奇心总是驱使男人们刨问这些女人的第一次艳遇，或者试图揭开她们第一次失足的真相，也许可以用这种办法在她们身上找到一丝遥远的清白痕迹，通过只言片语的真情流露唤起对往日天真和贞洁的迅速回忆，从而激起对她们的爱。我紧锣密鼓地盘问她头几个情人的情况。

我知道她在撒谎。那又有什么关系？在她的连篇谎话里，也许我能发现一点真诚而又感人的东西呢。

"喂，告诉我呀，那个人是谁。"

"是个划船爱好者，我的宝贝儿。"

"啊！讲给我听听。你们当时在哪儿？"

"我当时在阿尔让特侬。"

"你当时做什么？"

"我在一家饭店当佣工。"

"哪家饭店？"

"淡水河水手饭店。你知道这家饭店？"

"当然喽，老板是博南芳。"

"是的，一点不错。"

"他是怎么追求你的呢，那个划船爱好者？"

"当时我正在给他铺床，他就强奸了我。"

但是我突然想起一位医生朋友的理论。那是一位见多识广并且富有哲学头脑的医生，长期在一所大医院里行医，每天都接触到未婚就生了孩子的母亲和公开卖淫的娼妓，深知这些沦为怀揣金钱到处游荡的男人的悲惨猎物的可怜女性所蒙受的种种屈辱和苦难。

他常对我说：

"一个女孩子第一次总是，而且永远是被一个与她同一阶级和社会地位的男人损害的。我有好几册这方面的观察记录。人们总是责怪富人采摘了平民孩子的花朵。其实并非如此。富人只不过花钱购买别人采集来的花束！他也采摘花朵，不过是二茬的花了，他永远也剪不到头茬的鲜花。"

于是我转身向着我的女伴，笑了起来。

"你要知道，你这个故事，我早就听说过了。你第一个相好绝不是那个划船爱好者。"

"噢！确实是他，我向你发誓。"

"你撒谎，我的宝贝。"

"噢！没有，我向你保证。"

"你撒谎。好啦，一五一十告诉我吧。"

她惊讶之余，还在犹豫。

我便接着说：

"我可是个魔术师，我的小美人，我会催眠术。你要是不对我说实话，我一把你催眠，就可以知道了。"

她害怕了；她跟她的同行们都是一样愚昧。她吞吞吐吐地说：

"你是怎么猜到的？"

我又说：

"好啦，快说吧。"

"噢！那第一次，几乎没有什么可说的。那是当地的一个节日。老板请来一个临时帮忙的厨师，亚历山大先生。他一到店里，就像在自己家里一样闹腾起来。他什么人都指挥，连老板和老板娘也逃不过，好像他是个国王似的……这是个高高大大的美男子。他在炉灶前面也一刻不安分，总在大声叫嚷：'嘿，拿黄油来，——拿鸡蛋来，——拿马德拉①葡萄酒来！'别人马上就得连奔带跑地把他要的东西递给他，不然他就发脾气，对你说些能把你臊得一直红到裙子底下的脏话。

"一天的活儿干完了，他就站到门口去抽烟斗。见我捧着一摞碟子从他身边经过，他就这样对我说：'喂，

---

① 马德拉：葡萄牙位于大西洋的一个群岛，由马德拉岛和几个小岛组成。马德拉葡萄酒是其特产之一。

小妞儿，到河边去，带我看看本地的风景好吗？'我呢，我就去了，傻乎乎的；谁知刚到河边他就把我强奸了，事情发生得那么快，我还没明白他在干什么。然后，他就坐九点钟的火车走了。那以后，我再也没有见过他。"

我问她：

"就这些？"

她结巴着说：

"哦！我敢肯定弗洛朗坦就是他的。"

"弗洛朗坦是谁？"

"是我的那个孩子呀！"

"啊！好得很。于是你就哄那个划船爱好者，让他相信他是孩子的父亲，对不对？"

"当然啰！"

"那个划船爱好者有钱吗？"

"是的，他给我留下三百法郎的年金，记在弗洛朗坦头上。"

我开始觉得有趣了。我又说：

"很好，我的姑娘，好得很。可见，你们并不像人们认为的那么傻。现在，他多大了，弗洛朗坦？"

她回答：

"他眼下十二岁了，春天就要初领圣体①了。"

"好极了。从那以后，你就塌下心干起这一行来了。"

她无可奈何地叹了一口气，说：

"能干什么就干什么呗……"

这时，从房间的某个地方传来一个很响的声音，吓得我从床上一跃而起。那是一个人的身体倒在地上，然后两手摸着墙壁爬起来的声音。

我端起蜡烛，

---

① 初领圣体：严格的天主教徒一生要行七件圣事，初领圣体是继洗礼之后的第二件圣事，信仰天主教家庭的儿童首次在教堂吃象征基督身体的面包，以确认其宗教信仰。

惊恐而又恼火地四下张望。她也起来了，试图拉住我、阻拦我，一边咕哝着说：

"什么事也没有，我的宝贝儿，你放心，什么事也没有。"

但是我已经发现这奇怪的声音是从哪个方向传来的。我径直走向隐蔽在床头的一扇门，猛地把它打开……只见一个脸色苍白、身体瘦弱的可怜的小男孩，颤抖着，睁着两只惊慌、闪亮的眼睛望着我；他坐在一张大草垫椅旁边，看来他刚才就是从这张椅子上摔下去的。

他一看见我，就哭起来，并且向母亲张开两臂：

"不是我的错，妈妈，不是我的错。我睡着了，摔下来了。别骂我，不是我的错。"

我转身看着那个女人，问：

"这是怎么回事？"

她看来既难为情又很伤心，上气不接下气地说：

"你要我怎么办呢？我挣的钱不够把他送到寄宿学校。我不得不自己带着他，而我又没有钱多租一间房。我不接客的时候，他跟我睡。要是客人只待一两个钟头，他可以待在衣橱里，一声不响地待着；这个他会。可要是客人待一整夜，就像你，这孩子老睡在椅子上会累得腰疼……这也不是他的错……我倒想看看，换了你……整夜睡在椅子上……你会比谁都知道得更清楚……"

她越说火越大，越说越激动，嗓门也越高。

孩子一直哭个不停。这羸弱而又胆小的孩子，是的，真正称得上是衣橱中的孩子。衣橱里又冷又黑；只有在被窝空着的时候，这孩子才能偶尔去暖和一下身体。

我也一样，想痛哭一场。

我还是回自己家去睡了。

十一号房间 *

* 本篇首次发表于一八八四年十二月九日的《吉尔·布拉斯报》，作者署名"莫弗里涅斯"；一八八六年初首次收入马尔朋和弗拉马里恩出版社出版的莫泊桑小说集《图瓦》第一版。

"怎么？您不知道法院首席院长阿芒东先生为什么被调走吗？"

"不知道，一点也不知道。"

"他也不知道，而且永远不会知道。不过，这是个再荒唐不过的故事了。"

"请说给我听听。"

"您一定记得阿芒东太太，那个褐色头发、长得精瘦的小个子美女，她是那么端庄和清秀，整个佩尔蒂斯－勒隆城的人都叫她玛格丽特太太。"

"是的，记得。"

那么，您听着。您一定也记得她在这个城市里比任何人都更受人尊敬、重视和爱戴；她善于待人接物，善于组织庆典和慈善活动，热心为穷人募捐，千方百计帮助年轻人获得娱乐消遣。

她很优雅又很有情趣，不过是那种柏拉图式的情趣①和那种外省②的可爱的优雅，因为这个娇小的女人是个外省女人，一个完美的外省女人。

作家先生们全都是巴黎人，他们以五花八门的音调向我们讴歌巴黎女人，因为他们只了解她们；但是我要宣称，外省女人，如果是那些质量高的，胜过她们百倍。

优秀的外省女人有其独特的风采。她们比巴黎女人更审慎、更谦逊；她们什么都不许诺，但是给予很多。而巴黎女人，大部分时间许诺得很多，可是等到对方已经宽衣解带，她们却什么也不给。

巴黎女人，这是虚假的优雅和无耻的胜利。外省女人，这是真实的谦逊。

一个机灵的娇小的外省女人，带着她那平民女子的警觉的神情，寄宿女生的骗人的天真，毫无含义的微笑，

---

① 柏拉图式爱情是以西方哲学家柏拉图命名的一种爱情观，是一种追求心灵沟通和理性的精神上的纯洁爱情的理想。
② 外省：法国人通常称巴黎地区以外的地方为外省。

以及她的精明有趣然而执着的小激情，为了满足她的欲望，或者说她的邪僻，而又不在所有眼睛和所有窗口都看着的小城里引起任何怀疑、任何闲话和任何丑闻，必须表现出比所有巴黎女人加起来都多千倍的狡黠、灵巧和足智多谋。

阿芒东太太就是这稀有和迷人的种族的一个典型。人们从来没有怀疑过她，从来没有想到过她的生活并非像她的目光一样纯净。她的栗色的目光，透明，热烈，又那么正派。你自己去看吧！

原来她有一个令人叫绝的窍门，可谓别出心裁，无比巧妙，而又简单得让人难以置信。

她所有的情人都是军队里的；她接待他们，在他们驻防的三年时间里保持着和他们的关系——就是这么回事——她没有爱情，但是有情欲的满足。

每当有一支新的部队抵达佩尔蒂斯-勒隆，她就打听所有三四十岁之间的军官的情况，因为三十岁以前的人还不够审慎；四十岁以后的人呢，通常就精力衰退了。

噢！她对那些军官的了解简直跟上校一样清楚。她一切都了如指掌，一切：私密的习惯，教养，学识，身体素质，耐劳能力，性格忍让还是粗暴，财产状况，生活节俭还是爱挥霍。然后，她就做出选择。她喜欢举止像她一样沉静的男人，不过他们得长得好看。她还希望他们没有任何已为人知的男女关系，没有任何已经可能留下痕迹或者让人议论的艳情。因为被人提起有过风流事的男人绝不是一个审慎的男人。

选定那个在例行的三年驻防期间会爱她的男人以后，她要做的就仅仅是向他抛手绢了。

有许多女人做这种事会感到为难，她们采取通常的做法，走所有女人的老路，征服和抗拒都要按部就班地来，第一天让吻手指，第二天让吻手腕，下一天吻面颊，然后是亲嘴，然后是其他。

她却有一个更便捷、更谨慎而且更稳妥的妙法。她举办舞会。

被选定的那个军官邀请家里女主人跳舞。跳华尔兹的时候，被迅速的运动带动着，被舞蹈的陶醉弄得有些头晕，她就像以身相许似的紧贴着他，精神紧张地紧握着他的手，久久不放。

如果他不明白，那么他只是个傻瓜；她就转向下一个，排在她的情欲名单上的第二号。

如果他明白了，事情就办成了，不会引起闲言碎语，用不着可能损害她的名誉的卖弄风情，也不需要频频地你来我往。

还有什么比这更简单、更方便的呢？

为了让我们明白她们喜欢我们，女人们该运用多少类似的方法啊！这会省去多少困难、犹豫、言语、动作、焦虑、纠纷和误会！我们会错过多少可能的而我们却没有想到的幸福！因为女人的嘴总是默默无言，眼睛总是清澈而不可捉摸，谁也无法参透思想的隐秘，意志的暗中舍弃，肉体的无声召唤，一颗女人心灵的全部未知世界。

他明白了她的意思，就会提出要和她约会。而她总要让他等一个月或者六个星期，以便观察他，了解他，以防他有什么危险的缺陷。

在这段时间里，他会绞尽脑汁，想知道他们可以在哪儿幽会而没有危险，他会设想出种种困难而又不大可靠的计策。

后来，在某次官方的晚会上，她会非常小声地对他说：

"听着，星期二晚上，九点钟，到城墙边，乌吉埃大路的金马旅店，问克拉丽斯小姐在哪个房间，我会在那儿等您；千万注意，要穿便服。"

事实上，八年以来，她在这家不出名的旅店里常年订有一个带家具的房间。这是她的第一个情人出的主意，她觉得很管用，那个人开拔以后，她就把这个窝留了下来。

这是个多么普通的窝啊！四面墙壁贴着印有蓝花的浅灰色墙纸，一张冷杉木的床，平纹细布的帷帐，一把客栈老板根据她的吩咐帮忙买的扶手椅，两把椅子，一张床前小地毯，几个盥洗必需的器皿。别的还要什么呢？

墙上挂着三幅大照片。那是三个骑在马上的上校，她的情人们的上校！为什么呢！因为她不能保留情人本人的形象作为直接的纪念，也许想通过这个方法拐弯抹角地保存下一点念想吧。

您会说，经常在金马旅馆幽会，难道她从来没有被人认出来？

从来没有！从来也没有人认出她！

她用的方法既巧妙又简单。她设想并且组织一系列慈善济贫的聚会,她经常会亲自参加,有时也缺席不去。丈夫了解她的这些虔诚的活动,因为它们让他付出昂贵的代价,所以一切如常,他从不怀疑。

于是,订好约好以后,吃晚饭的时候,她就当着用人们的面说:

"今晚我去法兰绒腰带协会替瘫痪老人们募捐。"

她将近八点钟出门,进了协会,很快就又出来,穿过几条大街,独自一人来到一条小巷,在一个没有人看见的阴暗角落,摘下帽子,换上在短斗篷里带来的女佣的软帽,抖开用同样的方式带来的白色围裙,系在腰上,把在城里戴的帽子和刚才披在肩膀上的斗篷放在一个包里

拎着，碎步疾走地离去，非常大胆，屁股一扭一扭的，像个去买东西的小女佣，有时甚至撒腿快跑，像有什么十分紧急的事要办。

谁能在这瘦小活跃的女佣的外表下面认出法院首席院长阿芒东的太太呢？

她来到金马旅馆，就上楼到她的包间，她有那里的钥匙；肥胖的老板特鲁沃先生见她从柜台前面过去，总要咕哝一句：

"克拉丽斯小姐去和情人幽会了。"

这个鬼心眼的胖子，想必已经猜到了点儿什么，但是他并不想深究；可以肯定，如果他得知这位客人是阿芒东太太，就像佩尔蒂斯-勒隆的人们所说的，玛格丽特太太，他一定会大吃一惊。

这可怕的秘密是这样暴露的。

克拉丽斯小姐从来没有接连两晚来幽会，从来没有；她太精明、太谨慎了，不会那么做。特鲁沃先生很清楚这一点，既然八年来他没有一次在她幽会以后见她第二天又来。所以在旅客多的时候，他甚至经常擅作主张，把那个房间租给别人一个晚上。

可是去年夏天，法院首席院长阿芒东先生去外地，要过一个星期才回来。那是七月的一个星期二，太太欲火旺盛，又不必害怕被丈夫出其不意地逮住，所以在离开她的情人——漂亮的德·瓦朗杰尔少校的时候，问他是不是愿意第二天再来见她。他回答：

"只要可以！"

于是说定了，星期三他们在平常的时间再见。她还低声叮嘱：

"如果你先到，我亲爱的，你就躺下等我。"

他们拥吻以后就分手了。

然而，第二天，十点多光景，特鲁沃先生正在读本城的共和派的机关报《佩尔蒂斯记事》，他妻子在院子里煺鸡毛，他远远地向妻子叫喊：

"本地发生霍乱了。昨天乌维尼已经死了一个人。"

说过以后，他就不再想这件事了；当时他的客店里住满了人，生意非常好。

中午十二点钟左右，来了一位徒步旅客，那种观光客。此人先喝了两杯苦艾酒，又要了一份丰盛的午餐。

因为天气很热，他喝了一升葡萄酒，还至少喝了两升水。

接着，他用他的小杯子喝咖啡，那一杯子不如说是三小杯。然后，他感到有点昏沉沉的，想要一个房间睡一两个小时。没有空房间，老板跟妻子商量了一下，把克拉丽斯小姐的那个房间给了他。

那个男人进了房间。将近五点钟的光景，老板还不见他出来，便去叫醒他。

多么可怕呀，他死了！

旅店老板跑下楼去找他妻子：

"天呀，我让住在十一号房间的那个艺术家，我相信他一定死了。"

她举起双手：

"不可能！老天爷！莫非他得了霍乱？"

特鲁沃先生摇摇头：

"我想更可能是脑部传染病，因为他的脸像酒渣一样黑。"

老板娘大惊失色，一迭连声地说：

"别张扬，别张扬，别人会以为是霍乱。快去申报死亡，但是别张扬出去。夜里把他抬走，让它神不知鬼不觉。"

丈夫小声说：

"克拉丽斯小姐昨晚来过，这个房间今晚不会有人来。"

他先去找医生做死亡认证，证明是吃了一顿丰盛午饭以后引发的脑出血。然后他又和警察分局局长说好，

半夜十二点钟把尸体抬走,好让旅馆里谁也不会产生疑心。

还没到九点钟,阿芒东太太就溜进了金马旅馆的楼梯;这一天她没让任何人看见。她来到自己的房间前面,开了门,走了进去。壁炉台上点着一支蜡烛。她转向床那边看,少校已经睡下,不过他放下了帷帐。

她便说:

"等一分钟,我亲爱的,我就来。"

她像发了疯似的急忙脱掉衣裳,把高帮皮鞋甩在地上,紧身褡扔在扶手椅上。然后,她解开黑色的连衣裙和衬裙,让它们掉落在地上,像一个圆环,她直起身子,身穿红绸内衣,像一朵刚刚绽放的花朵。

见少校仍然一言不发,她问:

"你睡着了吗,我的胖宝宝?"

他还不回答;她便笑着小声说:

"瞧,他睡着了,太好玩了!"

她还穿着镂空的黑丝袜,就向床边跑去,迅速钻进被毯,用胳膊紧搂他,用嘴使劲吻他,想猛地弄醒他——那个旅客的冰冷的尸体!

她吓坏了,在一秒钟的时间里,一动不动,完全蒙了。这毫无生气的肉体的寒气,向她的肉体里渗入强烈而又无法理解的恐怖,直到她的头脑可以重新开始思索。

她一下子跳下床,从头到脚浑身颤抖;接着,她跑到壁炉边,拿起蜡烛,走回来,细看!她发现是一张根本不认识的可怕的脸,黢黑,肿胀,闭着眼,下颌扭曲得瘆人。

她发出一声叫喊,一声女人们惊恐时发出的那种无休止的尖叫,手里的蜡烛也掉在地上;她打开门,逃了出去,光着身子,在走廊里继续疯狂地呼号。

住在四号房间的一个旅行推销商,穿着袜子就立刻跑出来,把她搂在怀里,

惊慌地问：

"怎么啦，小美人儿？"

她失魂落魄地嗫嚅着：

"有人……有人……有人……在……在我的房间里……杀人了。"

又有几个旅客走出来。老板也跑来。

突然，走廊尽头出现少校的高大身影。

她一看见他就向他扑去，一边叫喊着：

"快救我，快救我，贡特朗……有人在我们的房间里杀人了。"

要把事情解释清楚是十分困难的。不过特鲁沃先生很快就说出了真相，并且请求人们立刻放了克拉丽斯小姐，他愿意拿脑袋替她担保。但是穿着袜子的那位旅行推销商查看了尸体以后，认为这是一桩罪案，说服其他几个旅客，不让克拉丽斯小姐和她的情人走。

他们不得不等到警察分局局长赶来才还他们自由；但这位局长是不会守口如瓶的。

下一个月，法院首席院长阿芒东先生获得晋升，并且被调到一个新的地方。

俘虏*

* 本篇首次发表于一八八四年十二月三十日的《吉尔·布拉斯报》;一八八六年初首次收入马尔朋和弗拉马里恩出版社出版的莫泊桑小说集《图瓦》第一版。

森林里没有任何声响,只有雪落在树上的轻微颤动。它从中午起就下个不停,纤细的小雪在树枝上洒下冰冷的泡沫,在灌木的枯叶上布下轻盈的银色顶棚,沿路铺下巨大而又柔软的白色地毯,让这无边林海的静谧显得更加深沉。

护林人的家门前,一个年轻女子,袖子挽得老高,正在一块石头上用斧头劈木柴。她的父亲和丈夫都是护林人;而她是个大个儿,精瘦又健壮,是个真正的森林的女儿。

一个声音从屋里喊道:

"今晚只有我们俩在家,贝尔蒂娜,快进屋吧,天黑了,说不定普鲁士人,还有狼,就在周围转悠呢。"

劈木柴的女子在用力劈一块树根,每劈一次,便上身一挺,双臂抡起。她一边劈一边回答:

"我这就劈完,妈妈。我就来,我就来,不用害怕,天还没太黑呢。"

说完,她把成捆的细柴和大块的劈柴搬进屋,码放在壁炉边,又出去把橡木心做的硕大护窗板一扇一扇关好,最后回到屋里,把沉重的门闩推上。

母亲在炉边纺线。那是个满脸皱纹的老婆婆,人上了年纪,胆子也变小了。她说:

"我可不喜欢你爸爸到外面去。两个女人,身单力薄。"

年轻女子回答:

"啊!我能打死一只狼,也完全能打死一个普鲁士人。"

她用眼瞟了一下挂在炉膛上边的一把老大的手枪。

普鲁士军队刚入侵,她的男人就入了伍,只留下两个妇女和老爸,老护林人尼古拉·皮松,绰号"长腿鹬";老汉执拗地拒绝离开这座老屋回城里住。

离这里最近的城市是勒泰尔[①],一个兀立在一片巨岩上的古老要塞。那里的人向来爱国,市民们决心抗击入侵者,遵循本城的传统,闭关据守,抵抗敌人的围攻。在亨利四

---

① 勒泰尔:法国大东大区阿登省一个地区的首府,历史上曾经历多次战争。

世①和路易十四②时代，勒泰尔的居民曾因两度英勇自卫而享有盛誉③。啊！这次他们也要照老样子办，否则敌人就会把他们烧死在城圈里。

于是他们买了枪炮，装备起一支民兵，按营、连编制起来，整天在练兵广场演习。面包店老板、食品杂货店老板、肉店老板、公证人、诉讼代理人、木匠、书商，连药房老板在内，所有人都按时按点轮流在拉维涅先生的号令下操练。拉维涅先生从前是龙骑兵士官，现在开服饰用品店；他娶了拉沃丹家族长房的女儿，继承了这个店。

他弄了个要塞司令的头衔。年轻人都去参军了，他就把剩下的人组织起来训练，准备抵抗。胖子们走在街上全都一路小跑，为的是融化掉身上的脂肪，延长自己的呼吸；没力气的人都练习负重，为的是强壮自己的肌肉。

---

① 亨利四世：本名路易·德·波旁（1553—1610），法国波旁王朝的第一个国王（1589—1610年在位）。
② 路易十四：本名路易·德·法兰西（1638—1715），是法国波旁王朝的第三个国王（1643—1715年在位），有"太阳王"之称。
③ 勒泰尔城历史上确曾有过两次英勇的保卫战，不过一次是在一六一七年路易十三统治下，而非亨利四世时代；而另一次在一六五〇年至一六五五年之间，当时路易十四已经登基，但因年幼尚未亲政。

他们就这样等着普鲁士人。但是普鲁士人却迟迟不露面。不过他们并不远；因为他们的侦察兵已经两次穿过森林，一直推进到绰号叫"长腿鹬"的护林人尼古拉·皮松家。

老护林人像狐狸一样赶快跑到城里去报告。人们已经把大炮都瞄准了，可敌人并没有出现。

"长腿鹬"的住处成了设在阿维利纳森林的前沿哨所。

老汉每星期两次到城里购买食品,同时给城里的人带去乡间的消息。

他这天去城里就是为了报告情况:两天前,下午两点钟光景,有一支普军小分队曾经在他家里停留,后来几乎立刻又离去;带队的那个士官能说法语。

老汉每次像这样出去,都要带上他的两条狗,两条长着狮子嘴的高大的狗,因为怕碰见狼,狼在这季节开始变得越来越凶恶;他嘱咐留下的两个妇女:天一黑就关好门待在屋里。

年轻的那个女人什么都不怕,但是老婆婆却一直在发抖,一迭连声地说:

"一定要出事,你瞧吧,一定要出事。"

这天晚上,她比往常更加忐忑不安。

"你知道你爸爸几点钟回来吗?"她问。

"噢!十一点以前肯定回不来。每次他在司令家吃晚饭,都很晚才回来。"

她把锅悬在火上,正要做浓汤,忽然停住不动了;她听见壁炉烟囱里传来隐隐约约的响声。

她低声说：

"林子里有人走动，至少有七八个人。"

母亲吓得目瞪口呆，纺车也停下了，结结巴巴地说：

"啊！我的天呀！你爸爸又不在家！"

她话还没有说完，门就被人猛烈敲打得震动起来。

两个女人没有出声。一个喉音很重、很响亮的声音大喊：

"怪（快）开门！"

沉静了一会儿以后，同一个声音又喊：

"怪（快）开门，不然我就扎（砸）门了！"

贝尔蒂娜把壁炉上边挂着的那把大手枪揣在裙子的口袋里，然后走过去把耳朵贴在门上，问：

"您是谁？"

那个声音回答：

"沃（我）们就是那天来锅（过）的那个小分退（队）。"

年轻女人又问：

"你们要做什么？"

"沃（我）跟沃（我）的小分退（队），从今天草（早）上就在树林里米（迷）路了。怪（快）开门，不然我就扎（砸）

门了。"

年轻女人没有办法，只好滑动门闩，拉开那扇笨重的门。在白雪映衬的灰暗的夜色中，她看见六个人，六个普鲁士士兵，正是那天来过的那几个人。她语气坚定地问：

"你们这个时候来要做什么？"

那个士官重复道：

"沃（我）米（迷）路了，完全米（迷）路了，沃（我）认出了这个房子。我从草（早）上起什么都没有吃，沃（我）的小分退（队）也一样。"

贝尔蒂娜表示：

"可是，今天晚上，只有我和妈妈在家。"

那个当兵的，看来像是个老实人，回答：

"没有关细（系）。沃（我）不会赏（伤）害你，但是你要给沃（我）们吃的。沃（我）们快要饿死、雷（累）死了。"

年轻女人往后退了一步。

"进来吧。"她说。

他们走进屋来。他们浑身是雪，头盔上盖着一层奶油泡沫似的东西，活像奶油糕点，而且他们看来都精疲力竭，狼狈不堪。

年轻女人指了指大桌子两边的木头长凳：

"坐下吧，"她说，"我这就给你们熬汤。看样子你们真是累坏了。"

说罢她又把门闩上。

她先往锅里加水，又放进些黄油和土豆，然后把挂在壁炉里的一块肥肉摘下来，切下一半，丢进汤里。

六个大汉眼里冒着饥饿的火星，注视着她的每一个动作。他们已经把枪和钢盔放在一个角落里，像坐在学校课椅上的孩子一样乖乖地等候着。

母亲又纺起线来，不时地用惊慌的目光看一眼这些入侵的敌兵。听不到任何其他的声音，只有纺车轻微的嗡嗡声、柴火的噼啪声和烧水的嗞嗞声。

可是突然一个奇怪的响

声把所有人都吓得打了个哆嗦。像是门底下传进来的嘶哑的喘息声，一种野兽发出的有力的呼哧呼哧的喘息声。

德国士官一步跳到放枪支的地方。年轻女人做了个手势拦住他，微微一笑，说：

"是狼。它们像你们一样到处转悠，现在饿了。"

士官不相信，要亲眼看看；刚打开一扇门，就看见两只硕大的灰狼迅速逃窜。

他回来重新坐下，一边嘀咕着：

"要不是青（亲）眼看见，沃（我）还真不相信。"

现在他只一心等他的汤煮好了。

他们狼吞虎咽地吃起来；为了能多吞一些，把嘴一直咧到耳根，圆眼睛和下巴都同时张得老大，喉咙里发出像檐槽流水一样的咕噜声。

两个女人默不作声地看着他们的红色大胡子的匆忙活动；土豆块就像陷进了活动的浓密毛丛。

他们渴了。女护林人到地窖里去给他们取苹果酒。她在那儿待了好一会儿。那是一个拱顶的小酒窖，据说在大革命时期曾经被用作监狱，也当过避难所。下酒窖要走一道狭窄的螺旋式楼梯；出口在厨房尽里头，有一个翻板活门。

贝尔蒂娜从酒窖上来的时候面带笑容,她在独自暗笑,那种诡秘的笑。她把拿上来的那一罐酒交给了德国人。然后,她跟母亲也在厨房另一头吃起饭来。

大兵们吃完了,六个人全都围着桌子打起瞌睡。不时有一个人的脑门栽在桌面上,"嘣"的一声;突然醒过来,又挺直了身子。

贝尔蒂娜对士官说:

"你们就在壁炉前面睡吧,那这地方足够六个人睡。我跟妈妈上楼去我的房间睡了。"

两个女人上楼了。只听见她们锁上了门,走动了一会儿,然后就再也没有任何声响。

普鲁士人在石板地上躺下,脚朝着炉火,把大衣卷起来当枕头，很快就都鼾声大作。六个人六个不同的声调，有的尖锐，有的洪亮，不过都连续不断，都很吓人。

他们肯定已经睡了很久，忽然传来一声枪响，响得简直就像对着这座房子的墙开的枪。士兵们一骨碌爬了起来。这时又响了两枪，接着又是三枪。

楼上的门突然打开，年轻女人走出来；她光着脚，穿着内衣和衬裙，手里举着一支蜡烛，神色慌张。她结结巴巴地说：

"法国军队来啦，至少有两百人。他们要是发现你们在这儿，会放火把房子烧掉。你们赶快躲到地窖去，别弄出响声。如果你们弄出响声，我们就完了。"

士官不知所措，喃喃地说：

"沃（我）愿意，沃（我）愿意。从纳（哪）里下去？"

年轻女人连忙掀开那个窄小的四方形翻板活门。六个人顺着螺旋式小楼梯，一个接一个，倒退着，用脚探着阶梯，下到地窖里，消失了。

但是，最后一顶钢盔的尖儿刚刚不见，贝尔蒂娜就放下了沉重的橡木翻板。那块翻板有墙那么厚，钢那么硬，用

几个铰链和一把锁固定住。她用钥匙在锁眼里转了两大圈,然后就笑起来,不出声然而欣喜若狂地笑起来,恨不得在俘虏们的头顶上跳舞。

那些军人果然没有弄出一点响声。他们被关在地窖里,就像关在一个坚固的盒子里,关在一个石头匣子里,只能呼吸到从装着铁栅的气窗透进来的一点空气。

贝尔蒂娜立刻把炉火燃旺,把锅架在火上,又煮起浓汤来,一边喃喃地说:

"今天夜里,老爸可要累坏了。"

然后,她就坐下,等着。只有挂钟的钟摆在寂静中不慌不忙地发着有规律的嘀嗒声。

年轻女人不时望一眼挂钟,焦急的目光像是在说:

"走得不快哟。"

不过她很快就听见脚底下似乎有人喃喃低语。很低、很模糊的说话声,透过酒窖的拱顶传到她的耳朵里。普鲁士人开始猜到了她的计谋,士官很快就走上小楼梯,用拳头捶打活门,喊道:

"怪(快)打开!"

她站起来,走到跟前,模仿他的声音:

"你要甘(干)什么?"

"怪(快)打开!"

"沃(我)不开。"

那个人发火了。

"怪(快)打开,不然沃(我)就扎(砸)门了!"

她哈哈大笑:

"砸呀,大笨蛋,砸呀,大笨蛋。"

他开始用枪托子砸头顶上的橡木盖板。无奈那盖板,就是用攻城拔寨的投石器来砸,它也扛得住。

女护林人听见他又走下楼梯。接着,几个军人一齐上阵,一个接一个地试验他们的力气,查看这块盖板的机关。但是,他们大概认识到他们的尝试都是白费力气,所以全都下到酒窖里去,又开始说起话来。

年轻女人听了一会儿他们的谈话,然后就去打开大门,在黑夜里竖起耳朵仔细听。

她听到远处传来一阵狗吠,就像猎人一样吹起口哨。黑暗中几乎立刻蹿出两条大狗,欢蹦乱跳地向她扑过来。她拢住它们的脖子,按住它们,不让它们再跑。然后她使出全身的力气大喊:

"喂,爸爸!"

一个声音回答她,不过人还在远处:

"喂,贝尔蒂娜!"

她等了几秒钟,又喊:

"喂,爸爸!"

那个声音近了些,重复道:

"喂,贝尔蒂娜!"

女儿又说:

"别从气窗前面走,地窖里有普鲁士人。"

左边出现一个男人的魁梧身影,听了这句话,突然在两棵树之间停下,紧张地问:

"地窖里有普鲁士人?他们在那儿干什么?"

年轻女人扑哧笑了:

"还是几天前的那伙人。他们在树林里迷路了,我把他们全都圈进地窖了。"

接着,她就把怎样开枪吓唬他们、把他们关进地窖的冒险过程叙述了一遍。

老人仍然严肃地问:

"这么晚了,你要我怎么办?"

她回答:

"快去请拉维涅先生带他的人马来。让他把他们俘虏了。他一定会高兴。"

皮松老爹笑了:

"这倒是真的,他一定会高兴。"

女儿接着说:

"浓汤已经给你煮好了,快吃吧,吃了再走。"

老护林人在饭桌旁坐下,先盛了两满盘浓汤放在地上喂狗,然后自己才吃起来。

普鲁士人听见有人说话,默不作声了。

一刻钟以后,"长腿鹬"又出发了。贝尔蒂娜两手托着脑袋,等着。

俘虏们又开始骚动。他们狂叫，呐喊，用枪托疯狂地不停敲打岿然不动的活门。

然后，他们又从气窗里往外打起枪来，大概是希望有支德军小分队经过附近，能听见他们的枪声。

年轻女人不再走动；但是这些响声让她紧张，心急如火。她恨得牙痒痒的，真想杀了这帮无赖，让他们闭嘴。

她越来越焦虑，频频望着挂钟，一分钟一分钟地计算着。

父亲走了已经一个半钟头了。他现在该到城里了。她就像看得见他似的。他在向拉维涅先生讲述发生的事。拉维涅先生激动得脸都发白了，马上摇响了铃，让女用人送来他的军服和武器。她仿佛听见鼓手在满街奔跑。看到家家户户的窗口伸出惊愕的面孔；民兵们跑出各自的家门，衣服还没穿整齐，气喘吁吁，一边扣着腰带，一路小跑向司令的住宅奔去。

接着，由"长腿鹬"打头，大队人马出发了。他们不顾夜黑，冒着雪向树林进发。

她又看看挂钟："再过一个钟头他们就能到了。"

她心烦意乱。她感到每一分钟都好像没有尽头。时间过得真慢！

终于，挂钟的指针指向了她预计他们会到达的时间。

她又打开门，听听他们来了没有。她看见一个人影正小心谨慎地走过来。她大吃一惊，叫出声来。原来是她的父亲。

他说：

"他们派我来看看有什么变化。"

"没有，什么变化也没有。"

于是，他向黑夜里吹了一声又尖又长的口哨。很快，就看见一堆褐色的东西在树林下慢慢向这边移动。那是由十人组成的先头部队。

"长腿鹬"不住声地重复着：

"别从气窗前面过。"

走在前边的人，就指着那个可怕的气窗，让跟在后面的人小心。

大部队终于出现了，一共有两百人，每人带着两百发子弹。

拉维涅先生激动得直打哆嗦。他部署兵力，对房子形成包围，只在那个贴地面的地窖气窗前面留出一片空白地带。

然后，他就走进屋，了解敌人的实力和现状。敌人变得无声无息，简直让人以为他们不见了，散发了，从气窗飞走了。

拉维涅先生用脚跺着盖板，喊道：

"普鲁士军官先生！"

德国人没有回答。

司令又喊：

"普鲁士军官先生！"

没用。他对这位一声不吭的军官足足喊了二十分钟，奉劝他带着武器和行囊投降，向他保证他和他的士兵们的生命安全，他们的军人的荣誉会得到尊重。但是，赞同也好，拒绝也罢，他没有得到任何表示。情况变得有些棘手。

民兵们像马车夫取暖那样，在雪地里跺着脚，抢着臂使劲拍打着肩膀；他们看着那个气窗，从它前面过一下的幼稚愿望越来越强烈。

终于，他们当中一个叫波德万的，出来放胆一试了。他很灵活，鼓起劲，像一头雄鹿一样蹿了过去。尝试成功了。俘虏们就像都死了似的。

有一个人高喊：

"里面一个人也没有。"

又有一个民兵穿过那危险的洞口前的空白地带。这成了一种游戏，跟孩子们玩抢位子的游戏一样，一会儿就有一个人从这一队跑到另一队，飞跑的脚把身后的雪溅得老高。为了取暖，人们用枯木燃起了几堆篝火，照亮了民兵战士在左面营地和右面营地奔跑的身影。

一个人喊：

"马卢瓦松，该你啦！"

马卢瓦松是个肥胖的面包店老板，大腹便便，经常被伙伴们取笑。

他犹豫不前，大家就笑话他。他于是下定决心，迈着正规的小跑步，气喘吁吁地出发，每跑一步，大肚子就摇晃一下。

伙伴们笑出了眼泪。还有人一边笑一边鼓励他：

"加油，加油，马卢瓦松！"

不料他刚跑了将近全程的三分之二，从气窗里喷出一道长长的、迅疾的红色火光。随着一声枪响，肥胖的面包店老板惨叫一声，扑倒在地上。

没有一个人冲过去救他。人们看着他呻吟着在雪地里爬，刚爬出那个危险的地段，就晕了过去。

他的大腿根肉多的地方中了一颗子弹。

起初大家还真有些惊慌和恐惧，不过很快又笑声四起。

这时，拉维涅司令从守林人的屋里走出来。他刚刚制定好了进攻计划。他用洪亮的声音命令：

"白铁铺老板普朗舒和他的工人！"

三个人走到他面前。

"把房子的檐槽拆下来！"

一刻钟以后，他们就给司令送来二十米长的檐槽。

司令让人小心翼翼地在地窖活门的边上凿一个小圆洞，把唧筒的水管子插进这个洞里，然后得意扬扬地宣布：

"我们这就给德国先生们献上点儿喝的。"

顿时爆发出一片强烈的叫好声，紧接着是一阵欢乐的呐喊和疯狂的大笑。司令又组织了几个小组，五分钟一拨轮流工作。准备就绪了，他便下令：

"灌水！"

唧筒的铁手柄转动起来，细细的流水声沿着水管滑下来，不一会儿就传到地窖，一个阶梯一个阶梯地，发着瀑布般的潺潺声，金鱼池假山流水似的汩汩声。

大伙儿耐心等待着。

一个小时过去了，两个小时、三个小时过去了。

司令兴奋不已。在厨房里走来走去，时而把耳朵贴在地上，试图猜出敌人在做什么，思忖着他们会不会很快就投降。

敌人现在骚动起来了。听得见他们在挪动酒桶，说话，蹚得水哗哗响。

后来，将近早上八点钟的光景，从气窗里传出一个声音：

"沃（我）希望和法国俊（军）官先生说话。"

拉维涅在窗口回答，不过并没有把头太往前伸：

"你投降吗？"

"沃（我）投降。"

"那么，把枪扔出来。"

只见一支步枪很快就从窗洞里递出来，紧接着，第二支，第三支，所有的枪都递了出来。同一个声音宣布：

"沃（我）没有抢（枪）了。你们甘（赶）快吧。沃（我）快要淹死了。"

司令下令：

"停止。"

唧筒的手柄停止转动。

司令先在厨房里布满了兵，个个持枪立正，严阵以待；然后他才慢慢地掀起橡木盖板。

四个湿淋淋的脑袋，四个长发金黄、脸色惨白的脑袋露出来。六个德国人，一个接着一个爬上来，全都湿漉漉的，浑身哆嗦着，惊恐不安。

他们立刻被抓住，捆绑起来。然后部队就出发回城。为了防止发生意外，他们分成两队，一队押解俘虏，另一队护送马卢瓦松，他躺在一副用床垫和木杆做的担架上。

他们耀武扬威地回到勒泰尔。

拉维涅先生由于俘虏了普鲁士军队的一支先遣队而荣获勋章，面包店胖老板由于在敌前受伤获得了军功奖章。

我们的英国人 *

* 本篇首次发表于一八八五年二月十日的《吉尔·布拉斯报》；一八八六年初首次收入马尔朋和弗拉马里恩出版社出版的莫泊桑小说集《图瓦》第一版。

一个精装的小笔记本躺在车厢的软垫长椅上。我拿起来，打开。这是一位旅客遗落的旅行日记。

我在这里抄录下最后的三页：

二月一日。——芒通①，肺病患者之都，因肺的结核而闻名。与在泥土里生长，营养和养肥人的土豆根茎全然不同，这种赘生物在人体里生长，是为了营养和养肥泥土。

我是从本地一位和蔼可亲而又博学多识的医生那里得知这个科学定义的。

我寻找一家旅馆。人们指点我有一个俄英德荷大旅社。

---

① 芒通：法国东南部市镇，接近法国和意大利边境，位于今普罗旺斯－阿尔卑斯－蓝色海岸大区滨海阿尔卑斯省。

为向老板的世界主义意识表示敬意，我就在这个排场甚大，但是看来空荡荡的收容所住下。

接着，我在城里兜了一圈。这座城市很漂亮，位于一座雄伟的大山脚下（参见旅游指南）；我看到一些面带病容的人由另一些看样子很厌烦的人陪着散步。在这儿竟然又发现了半面罩①。谨此敬告担心它们已经消失的博物学家们。

六点钟。我回来吃晚饭。餐具摆放在一个可容三百人就餐的大厅里，但是来吃饭的人刚好二十二位。他们一个接一个走进来。

首先是一个高个子英国人，胡子刮光，瘦瘦的，穿着一件有身腰、带裙摆的长礼服，袖子紧裹着他的细细的胳膊，就像伞套紧箍着雨伞一样。这服装让人联想起老船长们的便服，残疾军人的便服，以及教士们的长袍。正面有一行纽扣，像它们的主人一样裹着黑呢布，像成队的土鳖一样一个紧挨着一个。与纽扣相对是一排扣眼，仿佛等着它们插入，让人产生不太合适的念头。

---

① 半面罩：一种围巾，可以保护脖子和脸的下半部，起到御寒的作用，也可权充口罩；十六世纪在欧洲流行一时，十九世纪下半叶又有复兴之势。

坎肩也是以同样的方式扣住的。这身衣服的所有者看来并不轻松愉快。

他向我致礼；我向他回礼。

第二批人进来。——三位女士，三个英国女人，母亲和她的两个女儿。她们每个人头上都戴着一个打成泡沫状的蛋白①，这让我感到惊讶。女儿们像母亲一样老。母亲像女儿们一样老。三个人都长得干瘦，胸部扁平，个子高高的，动作缓慢，身板僵直；她们的门牙外露，会让菜肴和男人望而生畏。

又有一些常客走进来，都是英国人。只有一个长得肥胖，满面红光，留着白色的颊髯。每个女人（她们一共是十四个）头上都顶着一个打成泡沫状的蛋白。我发现这盖在头发上的甜食原来是用白色花边或泡沫纱做成的，具体我就不太清楚了。看来并不是加了糖的。另外，所有这些女人都像在醋里泡过似的，虽然她们中间有五个年轻姑娘，长得也不算太丑，但是全都扁平，没有显而易见的希望。我不禁想到布耶②的诗句：

---

① 打成泡沫的蛋白：一种比较常见的奶油蛋白类甜食。
② 布耶：全名路易·布耶（1821—1869），法国诗人和剧作家，属于浪漫派和帕尔纳斯派文学潮流。

> 你乳房瘦小又何妨，啊，我心爱的人，
>
> 如果胸脯扁平，离心脏只可能更近；
>
> 我看见爱情像一只关在笼中的乌鸫，
>
> 单脚独立着，在你的骨头间做梦。

两个年轻的男士，比第一个年轻些，也裹在他们圣职人士的长礼服里。这是些有老婆孩子的在俗教士，名叫牧师。与我们的本堂神父相比，他们的样子更干净、更严肃，但是不那么和蔼可亲。即便拿一吨的牧师来换一桶的本堂神父我也不乐意。各人有各人的喜好。

客人到齐了，首席牧师就开始用英语念一首很长的 benedicite[①]；全桌的人都带着强装虔诚的神情听着。

尽管我的信仰不同，我这食物还是这样不由我愿地被贡献给以色列和阿尔比恩[②]的上帝。然后大家便吃起饭来。

大厅里一片肃穆，一片想必是不正常的肃穆。我猜想，我的在场一定让这群游民感到不快；在这以前，还没有任何

---

① 拉丁文，意为"饭前经"。
② 阿尔比恩：古希腊文音译。阿尔比恩是古希腊神话中的一个巨人，海神波塞冬的儿子。阿尔比恩又是大不列颠岛一个古称。

一只不洁的羊闯进来。

女人们尤其煞有介事,保持着一本正经的态度,把腰杆挺得笔直,好像生怕头上的攒奶油似的小帽掉在盘子里。

这时,首席牧师对他邻座的副牧师说了几句话。由于我不幸能听懂一点英语,我惊讶地发现他们又拾起晚饭前中断的关于先知经文的谈话。

大家都聚精会神地听着。

于是，尽管我一直不愿意，我仍然被迫享用了许多难以置信的引文。

以赛亚①说过："我要将水浇灌口渴的人。"

我却不知道。我也不知道所有耶利米②、玛拉基③、以西结④、以利亚⑤和加加西⑥传播的那些真理。

现在，这些简单的真理进入我的耳朵，像苍蝇一样在我的脑子里嗡嗡响。

"让饥饿者要求食物。"

"空气属于鸟儿，就像大海属于鱼。"

"无花果树结出无花果，椰枣树结出椰枣。"

---

① 以赛亚：公元前740—公元前681年期间曾在犹太王国供职的先知。这里的引文出自《圣经·旧约》中的《以赛亚书》。
② 耶利米：古代犹太国的一位先知，《圣经·旧约》中有一卷《耶利米书》。
③ 玛拉基：《圣经·旧约》中的最后一卷先知书《玛拉基书》的作者，约于公元前430年代神向人说话。
④ 以西结：公元前6世纪以色列地方的一位先知，犹太教之父，《圣经·旧约》中有一卷《以西结书》。
⑤ 以利亚：《圣经·旧约》中的一位先知，生活在公元前9世纪。
⑥ 加加西：杜撰的人物。

"不认真听的人掌握不了科学。"①

我们伟大的亨利·莫尼埃②是多么博大精深呀,他让一个人的嘴里,不朽的普吕多姆的嘴里道出的光辉真理,就比所有先知加起来说的还要多。

他面向大海高喊:"海洋的确很美,但是失去了多少土地啊!"

他提出了世界的永恒政策:"这把军刀是我一生最美好的日子。我将利用它捍卫、把它献给我的政权,或者在需要时用来攻击它。"③

如果我有幸被介绍给包围我的这帮英国人,我一定会引用我们这位法国先知的至理名言来教导他们。

吃完晚饭,大家都来到客厅。

我孤零零地一个人坐在一个角落里。大不列颠人的部落聚集在广阔房间的另一个角落里,似乎在密谋着什么。

---

① 此句和以上三句引文均非出自《圣经》中的先知。
② 亨利·莫尼埃(1799—1877):法国漫画家、插图画家和剧作家。他在漫画和剧本里创造的普吕多姆这个典型人物,平庸而自负,好用教训人的口吻说些蠢话。
③ 此句出自亨利·莫尼埃的喜剧《约瑟夫·普吕多姆盛衰记》。

突然，一位女士向钢琴走去。

我想：

"啊！来点印（音）乐。太好了。"

她打开钢琴，坐下；这群外邦人就像一支军队一样围着她，女的在前排，男的在后排。

"他们难道要唱歌剧？"

首席牧师变成了合唱队长，举起一只手，落下；一片多声的可怕呐喊从所有人的嘴里脱口而出。他们在唱一首赞美歌！

女人们尖声叫，男人们粗声吼，玻璃窗都在颤抖。旅馆养的狗在院子里狂吠。一只客人的狗在房间里回应。

我气急败坏，连忙逃之夭夭。我去城里转了一圈。既没有找到剧院、娱乐场，也没有找到任何好玩的地方，只好回旅馆。

英国人还在唱。

我上床睡下。他们一直唱个不停。他们唱救世主的赞歌，一直唱到半夜十二点钟。我从未听过比这更走调、更刺耳、更难听的歌声了。而我呢，那能够带动整个部族跳骷髅舞的可怕的模仿意识让我也发疯了，我在被毯下面哼唱起来：

> 我同情救世主，阿尔比恩的上帝，
> 人们正在客厅里讴歌他的荣誉。
> 不知他的耳朵是不是比
> 他的忠实信众有更强的听力，
> 他是否喜爱才华，美貌，
> 优雅，机智，欢愉，
> 动听的音乐
> 和卓越的模拟。
> 我同情救世主，
> 以我的全部心意。

我终于睡着以后，做了一些可怕的噩梦；我看见一些先知骑在牧师身上吃死人头上打成泡沫状的蛋白。

真可怕！真可怕！

二月二日。——一起来我就问老板，这些入侵他旅馆的野蛮人是不是每天都要重新开始他们可怕的消遣。

他微笑着回答我：

"噢！不，先生，昨天是星期日，您知道，星期日在他们那儿是神圣的。"

我回答：

> 对牧师来说没有任何东西是神圣的，
> 无论是旅客的睡眠，还是
> 他的耳朵，或是他的晚饭；
> 但是请注意，别让这种事重新开始，
> 否则我就要去乘火车，绝不延迟。

旅馆老板有点吃惊，答应我他会注意。

白天，我像发了疯似的在山里尽兴地游逛。

夜晚来临。我又旁听了同样的饭前经。然后，我就来到客厅。他们又要做什么？在一个钟头的时间里，他们居然什么也没做。

突然，前一天晚上为唱赞美歌伴奏的那个女人走过去，打开钢琴。——我吓得直发抖。——而却她演奏起……一支华尔兹。

年轻姑娘们跳起舞来。

首席牧师习惯地在膝盖上打着拍子。几个英国男人也轮流邀请各位女士；头上的泡沫状蛋白转呀，转呀，转呀，像搅拌调味汁一样旋转着。

我比较喜欢这个！跳完华尔兹，是一曲四对舞，接着又是一曲波尔卡。

我没有被介绍给他们，便不动不语地待在一个角落里。

二月三日。——又在古老的卡斯特拉尔[①]做了一次愉快

[①] 卡斯特拉尔：一个法国市镇，距芒通约十公里。

的游览。那是山里的一处令人赞叹的废墟。那里每座山头都有一个城寨的遗迹。

这些高踞阿尔卑斯雪山顶的城堡的断垣残壁，没有任何东西比它们更美了（参见旅游指南）。这地方真是山河壮丽。

晚饭中间，我按法国人的方式主动向邻座的女士做了自我介绍。她竟没有搭理我——好一个英国式的礼貌。

晚上，英国人跳舞。

二月四日。——游览摩纳哥[1]（参见旅游指南）。

晚上，英国人跳舞。我像鼠疫患者一样旁观。

二月五日。——游览圣雷莫[2]（参见旅游指南）。

晚上，英国人跳舞。我的鼠疫隔离期继续。

二月六日。——游览尼斯[3]（参见旅游指南）。

晚上，英国人跳舞。我睡觉。

---

[1] 摩纳哥：指摩纳哥公国，欧洲西南部的一个城邦国家，位于阿尔卑斯山脉伸入地中海的一个悬崖上，三面与法国接壤，南濒地中海。距芒通约九公里。

[2] 圣雷莫：意大利的一个市镇，濒临利古里亚海，有"阳光之城"的美誉，距芒通约二十三公里。

[3] 尼斯：法国东南部濒临地中海的一个重镇，今普罗旺斯－阿尔卑斯－蓝色海岸大区滨海阿尔卑斯省省会；尼斯距芒通约三十公里。

二月七日。——游览戛纳①（参见旅游指南）。

晚上，英国人跳舞。我在我的角落里喝茶。

二月八日。——星期日，大报复。我等着他们，这帮无赖。

他们又恢复了圣日的假虔诚的表情，还为准备唱赞美歌吊嗓子。

可是，我在晚饭前溜进客厅，把钢琴的钥匙放在口袋里，然后对值班室的伙计说：

"如果牧师先生们问起钥匙，您就跟他们说我拿走了，让他们来找我。"

吃晚饭的时候，他们讨论了《圣经》的好几个可疑之处，阐明了几段经文，澄清了几个《圣经》人物的年代。

然后，他们就来到客厅，走向钢琴。—— 一片惊愕。——互相询问。群情激愤。打成泡沫状的蛋白似乎就要飞起来。最后，首席牧师离开人群，走出去，又回来。他们讨论，用愤怒的眼神看着我。现在，三位牧师，作为外交官，有次序地排成一行，向我走来。他们那神态里真有些威严的成分。

---

① 戛纳：法国南部濒临地中海的一个重镇，位于今普罗旺斯－阿尔卑斯－蓝色海岸大区滨海阿尔卑斯省。

他们向我致礼。我站起来。年龄最大的那一个说：

"先深（生），有人对我唆（说），宁（您）拿了钢琴的钥匙。女士们想咬（要）它。为了唱暂（赞）美歌。"

我回答：

"神父先生，我完全明白这些女士的要求；但是我不能承认她们有这个权利。您是笃信宗教的人，我也是，先生；而我的信条想必比你们的信条更严格，它让我决定阻止你们从事的亵渎行为。

"先生，我不能允许使用一件整个星期让年轻姑娘们跳舞的乐器来歌颂上帝的荣耀。我们呢，先生，我们不在教堂里举行公共舞会，我们不用管风琴演奏四对舞的舞曲。你们对这架钢琴的用法令我愤怒，令我反感。您可以把我的回答告诉这些女士。"

三个牧师十分震惊，退去。

太太们好像惊呆了，她们没有钢琴也唱起圣歌来。

二月九日。中午。——老板刚才来让我退房。应英国人的一致要求，他赶我走。

我遇见那三个牧师，他们似乎在监视着我离开。我径直向他们走过去。我向他们行了礼，然后说：

"先生们，你们好像很熟悉《圣经》。我呢，我对这些问题也研究得不错。我甚至懂一点希伯来文。不过，我很想请教你们一件事，它让我这个天主信徒的意识深感困惑。

"乱伦被你们视为一件极其可恶的事，是不是？但是，《圣经》却有一个让我们良心很不安的例子。

"罗得①逃离所多玛②的时候，被他的两个女儿引诱，你们不会不知道，而由于他失去了变为盐柱的妻子，他屈服了。由这双重可恶的乱伦生出亚扪和摩押；由此又出现两个民族，亚扪人和摩押人。捡麦穗女人路得③把波阿斯④唤醒，让他做了父亲。路得就是一个摩押女子。

"维克多·雨果不是说过吗：

---

① 罗得：据《圣经》记载，他是以色列人始祖亚伯拉罕兄弟哈兰的儿子，亚伯拉罕的侄子，摩押人和亚扪人的祖先。
② 所多玛：据《圣经》记载，它是摩押平原的五座城市之一，因盛行男色和同性行为开放而有"淫城"之称。
③ 路得：据《圣经》记载，她是摩押人，嫁给因饥荒逃到摩押的犹太人。后因家庭遭遇不测而丧偶，逃到犹大地，为前夫的族人波阿斯拾麦穗，并奉上帝意旨嫁给波阿斯，生了儿子俄备得，俄备得生了耶西，耶西生了大卫。
④ 波阿斯：据《圣经》记载，他是犹大地的地主。

>……路得，一个摩押女人，
>
>走来睡在波阿斯脚边，裸着乳房，
>
>希望从梦中醒来，只见一片明亮，
>
>不知哪儿来的从未见过的华光。①

"从'从未见过的华光'诞生了俄备得，而俄备得又成了大卫②的祖父。

"我们的救世主耶稣基督不就是大卫的后代吗？……"

三个牧师无言以对，他们困窘得面面相觑。

我又说：

"你们会对我说，我对你们说的是约瑟③的家谱，不过他虽是基督的母亲马利亚的合法丈夫，却有名无实。约瑟，正如众所周知的，对他的儿子的诞生没有起到任何作用。所以约瑟是乱伦的后裔，而神人基督不是。我同意你们的说法。

---

① 引自雨果诗集《历代的传说》中的《沉睡的波阿斯》一诗，文字略有出入。
② 大卫（约前1040—约前970）：据《圣经》记载，他是耶西的第八个儿子，是他建立了统一的以色列联合王国，又称"大卫王"。
③ 约瑟：又称"圣约翰"，据《圣经》和对观福音书记载，他是大卫的远代后裔，马利亚的丈夫。

然而我要补充两点:第一,约瑟和马利亚既是堂兄妹①,应该就是出自同一个血统;第二,让我们白白地读十页家谱,这实在太过分。

"我们累坏了自己的眼睛,知道 A 生 B,B 生 C,C 生 D,D 生 E,E 生 F;可是,当我们快被这没完没了的乏味陈述变疯的时候,我们到最后得知他什么也不生。先生,这真可以叫作:故弄玄虚,登峰造极!"

听到这里,三个牧师突地像一个人一样转身背朝着我,仓皇逃窜。

两点钟。——我乘上去尼斯的火车。

日记到此为止。尽管这些手记泄露了作者方面极其低

---

① 据《圣经》记载,马利亚的父亲以利和约瑟的父亲雅各是同父异母兄弟。

下的趣味、平庸的智力和诸多言行的粗暴之处,我想过,它或许可以提醒某些旅客,提防旅行的英国人带来的危险。

我还要指出,有一些英国人是很可爱的;我就认识,而且很多。不过一般来说,都不是我们住在旅馆时的邻居。

罗歇的方法[*]

* 本篇首次发表于一八八五年三月三日的《吉尔·布拉斯报》,作者署名"莫弗里涅斯";一八八六年初首次收入马尔朋和弗拉马里恩出版社出版的莫泊桑小说集《图瓦》第一版。

我正和罗歇在林荫大道上散步,一个商贩冲着我们叫喊:"买摆脱丈母娘的方法啊! 快买哟!"

我戛然止步,对我的同伴说:

"这个叫卖声让我想起了一个问题,我早就想问你:你的妻子经常挂在嘴边的那个'罗歇的方法'是怎么回事? 她拿这句口头禅开起玩笑来是那么有趣,那么得意,在我看来就像是一剂康达利德①,而你是知道其中的奥秘的。每当有人在她面前提到一个年轻人疲惫、衰竭、气喘吁吁,她就把脸转向你,笑着说:'最好把罗歇的方法教给他。'最奇怪的是,每一次你都面红耳赤。"

---

① 康达利德:斑蝥,又称"西班牙蝇",一种绿莹莹的小昆虫,研成粉末服用,据说有刺激性欲的功能。

罗歇回答：

这里面的确有点什么；如果我妻子真的猜到她说的是怎么回事，我敢向你保证，她一定会闭口不谈。我这就把这个故事说给你听。你知道我娶的是一个我非常爱的寡妇。她在成为我的合法妻子以前就总是口无遮拦，经常说些带点刺激性的话；再说，寡妇嘴里还留着辣椒味儿，说话放肆一点也是允许的。她喜欢那些淫荡的故事、荤段子，不过她这个人是挺好挺正派的。在某种情况下，舌头犯下的罪是可以轻饶的。她很大胆；我呢，我有点羞涩。我们结婚以前，她就经常喜欢拿一些我不容易回答的问题或者玩笑为难我。也许正是她的泼辣让我爱上了她，从头到脚、从肉体到心灵都爱上了她。这个坏包儿，她也知道。

我们决定既不举行任何仪式，也不搞什么蜜月旅行，只是在教堂行个降福礼，请几位证婚人吃一点点心，然后，我俩乘双座轿式马车去兜一圈，就回我在海尔德街①的家吃晚饭。

于是，证婚人走了以后，我们就登上马车，我吩咐车夫送我们去布洛涅树林②。这是六月末；天气好极了。

等到只剩下我们俩，她立刻就笑起来。

"我亲爱的罗歇，"她说，"现在是搞色情的时候了。让我们看看您有什么能耐。"

被她这么一将，我反而马上就泄气了。我吻她的手，对她反复说着："我爱您。"我两次壮起胆来吻她的颈背。但是过路人让我难为情。她却一味地带着挑衅和逗乐的神气一迭连声地追问："然后呢……然后呢……"这"然后呢"让我又紧张又无奈。在轿式马车③里，在布洛涅树林，光天化日之下，是不能……您懂的。

---

① 海尔德街：巴黎第九区的一条街。
② 布洛涅树林：巴黎西面城边的一个树林，位于今第十六区，面积八百多公顷，内有湖泊，是昔日巴黎市民休闲的重要场所之一。
③ 双座轿式马车的车厢两侧都有大玻璃窗，便于乘者观光，但并不私密。

她看得很清楚我的困窘，十分开心，时不时地反复说着：

"我怕是找错了人。您让我很担心。"

我也一样，我开始对自己感到担心了。有人威胁我，我竟毫无还手之力。

吃晚饭的时候她表现得非常可爱。为了给自己壮胆，我打发走我的用人，因为他让我感到拘束。噢！我们仍然算是规矩，不过，你知道相爱的人是多么愚蠢：我们在一只杯子里喝酒；我们用一个叉子在一个盘子里吃饭；我们从两头咬华夫饼，一直吃到我们的嘴唇在中间相遇。

她对我说：

"我想喝点香槟。"

我把那瓶酒忘在餐具柜上了。我把它拿了来，拉掉绳子，使劲摁瓶塞，想让它蹦出来。可是它不蹦。加布里埃尔笑起来，小声说：

"坏兆头。"

我用大拇指推软木塞，推得它向右歪，向左歪，但它就是不出来。突然，木塞被我齐瓶口弄断了。

加布里埃尔叹了一口气：

"我可怜的罗歇！"

我拿起一个开瓶钻，拧进剩在细瓶颈里的那部分木塞。我还是没能把它拔出来。我不得不再把普罗斯佩尔叫来。

现在，我妻子开怀大笑，反复说着：

"好哇……好哇……我看得出，我可以指望您了。"

她本来就已经半醉。

喝完咖啡，她醉到了四分之三。

让一个寡妇上床，不像让一个年轻姑娘上床那样要求母亲做各种各样必需的指点；加布里埃尔自己就老老实实地去她的卧室了，并且对我说：

"给您一刻钟吸雪茄。"

当我终于和她会合的时候，说实话，我对自己缺乏信心。我感到紧张，不知所措，很不自在。

我进入丈夫的阵地。她一言不发，嘴唇上含着微笑看着我，那微笑带着明显嘲弄我的意味。此时此刻，这嘲弄终于把我弄得狼狈不堪，我承认，我的胳膊腿都像被锯断了似的。

加布里埃尔看出了我的……窘迫，可她没有做任何事来增强我的信心，而是相反，带着无所谓的样子问我：

"您每天都这么风趣吗？"

我不禁回答：

"您听着，您真让人受不了。"

这时她放声大笑起来，笑得很没有节制，很失体统，很让人恼火。

可真的，我这时愁眉苦脸，我的样子想必很傻。

在两次狂笑的发作之间，她还气喘吁吁地说：

"喂……加油……拿出点劲来……我的……我的……可怜的朋友。"

接着，她又狂笑起来，甚至连连叫喊。

我感到那么紧张，我对自己、对她都是那么气愤，我终于明白了，如果我不赶快离开，我会动手打她。

我跳下床，像发了疯似的，三下两下穿上衣裳，一句话也不说。

她看出我真的生气了，便突然安静下来，问：

"您在做什么？您要去哪儿？"

我不回答。我下楼到了街上。我想杀人，我要为自己复仇，我要做点什么疯狂的事。我大步往前走着，突然产生了去找窑姐的念头。

谁知道呢？这会是一个考验，一个经验，还是一次锻炼呢？无论如何，这至少是一次报复！万一将来我的妻子欺骗我，她总算先被我欺骗了。

我一点也没犹豫。我知道离我住家不远有一个妓院，便向那儿疾步走去，并且像那些扑到水里想知道自己会不会游泳的人一样，走进去。

我会游泳，而且游得很好。我在那里待了很久，领味着这秘密而又别出心裁的报复。然后，夜晚将尽的时候，我又来到冷飕飕的街上。我现在踏实了，对自己有把握了，感到高兴而又安宁，还跃跃欲试我的勇武。

于是我慢慢地走回家，轻轻地推开卧室的门。

加布里埃尔胳膊拄着枕头,在看书。她抬起头,怯生生地问我:

"您回来啦?您干什么去了?"

我不回答。我信心满满地脱掉衣裳。我重新进入刚才像逃兵一样离开的阵地。

她目瞪口呆;她从此深信,我一定使用了什么神秘的方法。

现在,她一有机会就说"罗歇的方法",就像在谈一种万无一失的科学手段。

但是,唉!十年已经过去了,那种考验,至少对我来说,已经没有多大成功的机会了。

不过,如果你有哪个朋友怀疑新婚之夜不够激情,不妨把我的计策告诉他,并且向他断言,在二十岁到三十五岁之间，就像德·勃朗托姆^①爵爷所说的，没有比解绳结^②更好的方法。

---

① 德·勃朗托姆：本名皮埃尔·德·布尔岱依（约1537—1614），法国在俗神父、军人和作家，主要著有《法兰西名人战将传》，其作品内容轻佻。
② 有一种习俗，用绳子把男人裤子前面的开裆扎起来，新婚之夜，新郎须耐心解完结才可行房。

忏悔 *

* 本篇首次发表于一八八四年十一月十日的《费加罗报》；一八八六年初首次收入马尔朋和弗拉马里恩出版社出版的莫泊桑小说集《图瓦》第一版。

维齐埃-勒-雷泰尔①全城都参加了巴东-勒勒曼塞先生的出殡和下葬仪式，省政府代表演说的结束语还回响在所有人的记忆中："又少了一个正派人！"

正派人，这表现在他一生的每一个比较重要的行动中，表现在他的言谈、他的态度、他的神情、他的衣着、他的举止、他的胡子的剪法和帽子的样式中。他从没有说过一句不包含指导意义的话，他从没有给人施舍而不附加一个忠告，从没有伸出手而不像在为人祝福。

他留下两个孩子：一个儿子和一个女儿。他的儿子是省议会的议员；他的女儿嫁给了公证人普瓦莱尔·德·拉乌尔

---

① 维齐埃-勒-雷泰尔：法国中西部的一个城市，今属新阿基坦大区维埃纳省。

特先生,在维齐埃十分风光。

父亲的死让他们悲痛不已,因为他们衷心爱戴他。

仪式一结束,他们就回到死者的家里,儿子、女儿和女婿,三个人关起门来,打开只有他们有权拆封,而且只有在棺木入土以后才能拆封的遗嘱。这个愿望明确地写在封套的一个附注里。

普瓦莱尔·德·拉乌尔特先生负责拆封,他身为公证人习惯了这项工作;他在正了正鼻子上的眼镜,用为了清晰地诵读契约而训练有素的嗓音读起来:

我的孩子们,我亲爱的孩子们,如果我不在坟墓里向你们做一次忏悔,忏悔我因之悔恨终生的一

桩罪行，我将无法安心地长眠。是的，我犯下过一桩罪行，一桩可怕、可憎的罪行。

我那时二十六岁，刚开始在巴黎从事律师职业，过着落脚在这座城市的许多外省青年的那种生活，没有相识，没有朋友，没有亲人。

我有了一个情妇。多少人一听"情妇"这个词就义愤填膺，然而毕竟有些人忍受不了孤独的生活。我就是这样的人。孤独，晚上一个人待在家里，坐在炉火边，这孤独让我苦闷不堪。我感到就好像这地球上只有我一个人，孤独得可怕，同时周围又尽是潜藏的危险和未知的可怕的东西；隔墙把我和我的邻居分开，我不认识他，这堵墙让我觉得他那么遥远，就像从我的窗口眺望的星星。我感到浑身燥热，一种不安和恐惧的燥热；墙壁的沉默令我恐惧。独自一人住的房子里的寂静是那么深沉，那么凄厉！不仅仅是围绕灵魂的寂静，一件家具咯吱响一下，也会让人打心底里战栗，因为在这阴郁的房子里人们不会料到有任何声响。

有多少次，我被这死一般的寂静弄得神经紧张、胆战心惊；我说话，发出一些单词，不连贯，也没有理由，只为了弄出些声音。我的声音是那么奇怪，连我自己都感到害怕。还有什么比在空房子里自言自语更可怕的呢？那声音就仿佛是另一个声音，一个陌生的声音，在无缘由、无对象地说话，周围空荡荡，没有任何一只耳朵在听，因为我已经知道自己嘴里将要说出的话，在这些话消失在房间的寂静里之前就知道。这些话在寂静中凄惨地回响的时候，听起来就好像仅仅是一种回声，通过思想低声说出的话的奇特的回声。

我有了一个情妇，一个年轻的姑娘，她像许多生活在巴黎的女孩一样，工作所得不足以维持温饱。她温柔、善良、单纯；她的父母住在普瓦西。她时不时去他们那儿住几天。

我和她在一起平平静静地生活了一年；不过我已经打定主意，一旦找到一个让我喜欢、准备和她结婚的姑娘，我就给她留下一笔小小的年金，离开她。在我们那时候的社会里，为了和一个爱过的姑娘分手，如果她贫穷，就给她一些钱；如果她富有，就送她一些礼物，这是允许的。

可是有一天，她突然告诉我她怀孕了。我大吃一惊，在一瞬间看到了我一生将要面临的全部灾难。一条锁链呈现在我眼前，我将至死都要拖着它，无论到哪里，拖到我未来的家庭，拖到我的晚年，永远无法解脱。这女人的枷锁，因为有了孩子而将和我终生相连。这孩子的枷锁也一样，因为我必须抚养他、照管他、保护他，同时我不但自己要躲着他，还要让他也躲着世人。我的头脑完全被这个消息弄乱了；一个我还没有形成但心里已经感觉到的模糊的希望，呼之欲出，就像那些藏在门后的人，只待别人对他们喊一声"出来"；一个罪恶的欲念在我的心底转悠：不是有可能发生什么意外吗？这些小生命还没出生就夭折，这样的意外太多了！

啊！我一点也不希望我的情妇死。那可怜的姑娘，我爱她！但是我也许希望另一个死，在我看到他以前就死掉。

可他还是出生了。我这小小的单身汉的房子里有了一户人家，一对有个孩子的假夫妻，这真是一件可怕的事。他和所有的孩子并没有两样。我并不爱这个孩子。你们知道，做父亲的都只是后来才爱上孩子的。他们没有做母亲的那种本能的强烈柔情；他们的爱需要一点一点

地觉醒，他们的精神依附于活人之间日复一日在一起生活建立的联系。

又是一年过去了：我现在经常逃避我的住处，因为它太狭小，而且散乱地放着衣服、尿布、巴掌那么大的袜子；家具上，扶手椅的扶手上，放着各种各样的东西。我逃避，尤其是为了听不到孩子的哭号；因为给他换尿布，给他洗澡，摸摸他，让他睡觉，抱他起来，不管什么事他都吱哇喊叫，无休无止。

我已经交了几个熟人；我在一个沙龙里遇到了后来成为你们母亲的姑娘。我很爱她，心里萌生了娶她的愿望。我追求她，向她求婚，她家里同意把她嫁给我。

我陷入了两难的境地：尽管已经有这个孩子，我也要娶这个我非常爱的姑娘；或者承认有这个孩子，放弃我要娶的这个姑娘，放弃幸福，放弃未来，放弃一切，因为她的父母都是刻板而且审慎的人，如果他们知道了真相，绝不会把女儿嫁给我。

我过了一个月忧心如焚的可怕的日子，精神受尽了痛苦和折磨。在这一个月里，无数可怕的念头纠缠着我；我感到越来越恨我的儿子，越来越恨这个爱叫喊的活的小肉体，因为他挡住了我的路，阻断我的生活，注定了我过一种没有期待、连任何隐约的希望都没有的生活，而只有能够期待和希望，青春才会美好。

这时，我的情妇的母亲突然病倒了，只剩下我带着孩子。

那是十二月，天气冷极了。一个多么凄凉的夜晚啊！我的情妇刚动身去看望她的母亲。我独自一人在狭小的饭厅里吃完晚饭，轻轻地走进孩子在睡觉的卧房。

我在壁炉前的扶手椅上坐下。寒风，冰冷的干风，呼呼地吹着，吹得玻璃窗咯咯响。透过窗户，可以看见刺眼的星光在冰冷的夜空里闪烁。

一个月以来纠缠着我的顽念这时又侵入我的脑海。只要我静止不动，这顽念就立刻会附在我的身上，钻进我的心房，吞噬我。这个驱之不散的念头啃噬我的心，像癌一样啃噬我的肉体。我感到它无处不在：在我的头脑里，在我的心里，在我的整个身体里。它就像一只野兽一样吞食我。我想赶走它，驱散它，把我的思想移向其他的事情，移向新的希望，就像人们打开窗户，让清新的晨风进来驱散夜间污浊的空气一样；但是我无法把它赶出我的脑海，哪怕是一秒钟也办不到。我不知道如何表达我经受的折磨。它啃噬着我的灵魂；它的牙齿每次啃咬我，我就感到一次肉体和精神上惨烈的疼痛。

我这一生算完了！我怎样才能走出这困境？怎样才能补救，怎样才能说出真相？

我爱那个应该成为你们母亲的女人，爱得发狂，障碍越是不可逾越，我对她爱得越深。

可怕的愤怒有增无减，掐住我的脖子，我愤怒得几乎发疯……发疯！是的，那个晚上，我真的疯了！

孩子正在睡觉。我站起来，看看睡眠中的他。这个正在发育中的孩子，这个幼儿，这个害我倒霉一辈子、永世不得翻身的小东西。

他睡得很香，张着嘴，裹在被子里，放在摇篮里，在我的床边；而我呢，我在自己的床上却睡不着！

我是怎么做出我所做的事的呢？我怎么知道？是什么力量驱使我，什么邪恶的力量控制了我呢？啊！我甚至不知不觉就受到罪恶的诱惑。我只记得我的心跳得厉害。它跳得那么剧烈，我甚至能听到它跳动的声音，就像锤子在隔墙的后面敲击一样震响。我只记得这个！我的心在剧烈跳动！我的脑子里出奇地混乱和嘈杂，一切理智、一切冷静全都溃败。我处在惶恐和幻觉中，在这种状态下，人已经意识不到自己在做什么，也不知道应该做什么了。

我轻轻掀掉盖在我的孩子身上的被子，扔到摇篮脚下，只见他浑身赤裸。但是他没有醒。于是我蹑手蹑脚地走到窗户边，打开了窗户。

一股冰冷的风，就像一个凶手一样闯了进来，寒冷刺骨，我不禁后退了几步；两束烛光晃动了几下。我离窗口不远呆呆地站着，不敢转过身去，似乎不敢看在我身后发生的事。风一直在往里灌，我感到死亡的空气不停地扑向我的额头、我的面颊、我的手。寒风劲吹，持续了很长时间。

我什么也没有想，什么也没有思考。一声轻咳突然让我从头到脚打了个寒战，我此刻头发根还感得到那战栗。我猛冲过去关上两扇窗子，然后转过身，向摇篮跑去。

他一直睡着，张着嘴，一丝不挂。我摸摸他的腿；两条腿冰凉，我又给它们盖上被子。

我的心突然软了、碎了，充满对这个我刚才想害死的可怜无辜的小生命的怜悯、柔情和爱。我久久地闻着他的纤细的头发，然后又回到炉火前坐下。

我愕然，我惶恐，回想着自己刚才做的事，自问这灵魂的风暴从何而来，居然让人失去一切事物的概念，失去对自己的全部控制力，让人在疯狂的迷乱中胡作非为，而不知道自己在做什么，就像一只风暴中的航船，不知道自己驶向何方。

孩子又咳嗽了一声，我感到心都碎了。如果他死了！我的天主！我的天主！我，我会成为什么人？

我站起来，走过去看他；我手里拿着一支蜡烛，向他俯下身子。我看到他呼吸平稳，这才放下心。可是当他第三次咳嗽的时候，我紧张极了，就像人们看见一件可怕的事一样，我猛地向后倒退，手里的蜡烛都掉在地上。

我捡起蜡烛，直起身子，发现自己的脑门上沁着汗水，痛苦的心灵产生的既热又冰的汗水；的确，当人的精神备受不可名状的折磨时，那可怕的痛苦会灼热得像火热而又寒冷的冰一样，透过脑袋的骨头和皮肤渗出某种东西来。

我就这样俯身看着我的儿子，直到天亮；见他很长时间都平静无事，我才放下心来；不过，每当他的小嘴里发出一声轻咳，我就会心如刀割。

他醒了，眼睛红红的，呼吸不畅，好像很痛苦。

我的女用人进来了，我立刻让她去请医生。一个小时以后，医生来了，在给孩子做了检查后，问：

"他是不是着凉了？"

我像个龙钟的老人一样颤颤巍巍，结结巴巴地说：

"没有，我想没有。"

接着我问：

"他怎么啦？严重吗？"

他回答：

"我现在还不知道。我今天傍晚还要再来。"

傍晚他又来了。我的儿子几乎一整天都昏昏沉沉，不见好转，而且不断地咳嗽。

夜里，肺炎发作了。

这样持续了十天。我无法表达在这些从早到晚、从晚到早的漫长时间里我经受的痛苦。

他还是死了……

从那时……从那时起，没有一个小时，是的，没有一个小时，那残酷的煎熬人的记忆，不啃噬、折磨我的精神的记忆，不像关在灵魂深处的吃人野兽一样在我心里骚动。

啊！我要是真能变成疯子多好！……

普瓦莱尔·德·拉乌尔特先生读完了这份遗言，用习惯的动作往上推了推眼镜；死者的三个继承人面面相觑，脸色煞白，呆若木鸡，说不出一句话来。

过了一分钟，公证人才又说：

"必须把它销毁。"

另外两个人低下头表示赞同，他就点燃一支蜡烛，先细心地把写着危险的忏悔的几页纸和有关钱财分配的几页纸分开，然后用烛火把忏悔书点着，扔到壁炉里烧掉。

他们目睹着白色的纸燃尽。这些纸很快就变成一个个小黑卷儿；还能看见几个化成白色的字母，女儿又用脚尖把还带着火星的纸的残骸踩个粉碎，再掺和到炉膛的余烬里。

最后，仿佛怕烧掉的秘密会从壁炉里飞走似的，三个人又一起久久凝视着余烬。

怪胎之母 *

* 本篇首次发表于一八八三年六月十二日《吉尔·布拉斯报》,作者署名"莫弗里涅斯";一八八六年初首次收入马尔朋和弗拉马里恩出版社出版的莫泊桑小说集《图瓦》第一版。

几天前,在一个富人们爱去的海滩上,我看见一位巴黎名媛从身旁经过,她年轻、俏丽、楚楚动人,并且颇受公众的喜爱和尊敬。这不禁让我想起这个可怕的故事和这个可怕的女人。

我要讲的这个故事,年代已经很久了,不过这样的事,人们是不会忘记的。

当年,我应一个朋友的邀请,去他在外省小城的家里小住。为了尽地主之谊,他陪着我走遍了各个角落,让我看了许多值得称道的风景、古堡、工厂和废墟;他还带我参观了许多历史性建筑物、教堂、精雕细刻的古老大门、伟岸参天或者奇形怪状的珍贵树木,譬如圣安德烈橡树和罗克波瓦兹紫杉。

当我赞叹不已地观赏完当地所有的名胜古迹以后,我的

朋友满脸歉疚地说,再也没有什么可看的了。我舒了一口气。我终于可以找个树荫休息片刻了。可是他突然又嚷道:

"啊,对了!还有怪胎之母呢,必须领你去见识见识。"

我问:

"是谁呀,怪胎之母?"

他回答:

"是一个丧尽天良的女人,一个真正的恶魔;她每年都故意生几个畸形、丑陋、令人望而生畏的孩子,干脆说就是些怪胎,拿去卖给耍把戏变丑八怪的人。

"那些可恶的生意人经常来打听,看她又生产出新的怪胎没有;要是小东西他们看了中意,他们就付给她一笔租金,把他带走。

"她有十一个这样的孩子。她可发了财啦。

"你可能以为我在说笑话,胡编乱造,危言耸听。不,我的朋友。我跟你说的都是实情,没有半点虚假。

"咱们先去看看这个女人吧。然后我再告诉你,她是怎样变成一个怪胎制造厂的。"

他把我带到了郊区。

她住在大路边一座精致的小房子里。那房子赏心悦目，而且维护得很好。花园里芳草缤纷，花香扑鼻。一般人还会以为这是一个功成身退的公证人的居所呢。

一个女用人领我们进了一间乡村风味的小客厅，不多时那个卑鄙的人就出现了。

她有四十岁左右。她身材高大，脸上的线条很不柔和，但是体格挺好，精力充沛，身体健康，是不折不扣的强壮的农家妇女的典型，半是牲口，半是女人。

她知道自己受到世人的谴责，因此接待客人时只得按捺住仇恨，故作谦卑。

她问：

"请问先生们有什么事？"

我的朋友说：

"我听说您的最后一个孩子长得跟一般人一样,一点也不像他的哥哥们。我想来亲眼证实一下。这是真的吗?"

她狡诈地做出生气的样子看着我们,回答:

"没有的事!没有的事!可爱的先生。他也许比那几个还要丑呢。我真命苦,真命苦。个个都是这样,好心的先生,个个都是这样,真不幸!慈悲的天主怎么能对一个孤苦伶仃的女人这样狠心,怎么能这样狠心呢?"

她说得很快,耷拉着眼皮,那副虚假的表情活像一头受了惊的猛兽。她竭力把尖厉的嗓门变得柔和一些,可是从这副骨骼发达的身躯里哭哭啼啼地用假嗓子说出来的话,只会让人惊异;因为她身强力壮,线条粗犷,似乎生来就应该举止暴烈,像恶狼一样号叫。

我的朋友要求道:

"我们想看看您的小儿子。"

我觉得她的脸立刻红了。也许是我的错觉？她沉默了一会儿，提高嗓门说：

"你们看他干什么？"

她抬起头，狠狠地逼视着我们，目光里闪着怒火。

我的伙伴接着说：

"您为什么不愿意让我们看呢？您都让好多人看过了。您知道我说的是谁！"

她怒不可遏，扯开嗓门，大叫大嚷地发泄起她的怨愤来：

"你们就是为这个来的，对不对？为了羞辱我，是不是？因为我的孩子们都长得像畜生，对不对？不给你们看，不给，就是不给你们看；滚出去，滚。我真不明白，你们凭什么要这样折磨我？"

她两手掐着腰，向我们逼过来。她粗暴的话音刚落，从隔壁房间传来一声呻吟，更准确地说是一种猫叫似的声音，或者说是一声白痴的哀鸣。我不寒而栗，毛骨悚然。我们被她逼得连连后退。

我的朋友厉声喝道：

"您小心点，魔鬼（当地人都是这么叫她的），您小心点，总有一天您会遭到报应的。"

她气得发抖,挥动着拳头,像发了疯似的咆哮着:

"滚!我凭什么遭报应?滚!你们这帮无法无天的家伙!"

眼看她就要向我们扑过来。我们连忙逃了出来;这已经够让我们厌恶的了。

到了门外,我的朋友问我:

"喂!你看见她了吧?有什么感想?"

我回答:

"快给我讲讲这个畜生的故事吧。"

我们在白色的大路上漫步往回走。两边的庄稼已经成熟,像平静的海面在微风吹拂下荡漾。下面就是他在归途中给我讲的故事。

她从前在一个农庄里做雇工，是个能干、稳重、俭朴的姑娘。没有人见她有过情人，也没有人发现她有什么不检点的地方。

可是，一个傍晚，收庄稼的时候，天空正酝酿着一场雷雨，空气凝重、沉闷，热得像火炉，小伙子们和姑娘们晒黑了的身体都汗水淋淋。就是在这种环境里，她在刚割下的麦捆中间做了一件错事。这也是女孩子们都会干的傻事。

过了不久她就发现自己怀孕了，内心饱受羞耻和恐惧的煎熬。她要不惜一切代价掩盖自己的不幸，于是想出了一个办法，用木片和绳子做成的紧身褡狠命地勒紧自己的肚子。不断发育的胎儿越是撑大她的身腰，她越是收紧她的刑具。她像殉道者一样惨遭折磨，但她勇敢地忍受着痛苦，总是面带笑容，动作麻利，决不让人看出或者猜出什么问题。

她用这可怕的器械把肚子里的小生命勒成了残疾；她压迫他，把他弄得扭曲变形，成了一个怪胎。他的脑袋被挤得又长又尖，两只奇大的眼睛从前额上拱出来。四肢也因为和身体紧紧挤着，只能像葡萄藤一样弯弯曲曲，伸得老长；手指和脚趾就像蜘蛛腿。

他的身子又小又圆，像个核桃。

一个春天的早晨，她在庄稼地里分娩了。

锄草的女雇工们纷纷跑来帮她；可是一看见刚钻出娘胎的怪物，她们吓得大号小叫着抱头逃窜。她生下一个妖怪的消息就在当地传开了。她那个"魔鬼"的外号就是从那个时候叫起来的。

她被东家撵走。她靠施舍，也许是靠暗地里卖淫为生，因为她是个标致的姑娘，而且并不是所有的男人都怕下地狱。

她就这样养活着她的怪胎。她其实恨他恨得要命；若不是本堂神父料到她可能犯罪，用送她去吃官司来吓唬她，也许她早就把他掐死了。

也巧，有一天，一帮走江湖耍八怪的人路过此地，听说有这么一个怪胎，就要求看一看，如果看中了，就把他带走。他还真让他们看中了，于是他们就给了母亲五百法郎现钱。她起初还觉得羞耻，不让他们看这个丑八怪；但是等她发现他居然还值钱，竟能引起这些人的浓厚兴趣，就跟他们讨价还价起来，连一个铜子儿也要争执半天，极力用孩子的奇怪来刺激对方的胃口，用乡下人的执拗一个劲地抬高要价。

为了避免受骗，她还跟他们立了一个字据。对方保证每年再另外付她四百法郎，就好像把这个畜生租下来了似的。

这意外的收获让做母亲的失去了理智；从此她一心想着再生一个怪物，好让自己像阔太太一样拥有几笔年金。

她生育能力很强，轻而易举就成功了，而且似乎她也更善于在怀孕期间改变对胎儿的挤压方式、让怪胎形态各异了。

她生下的怪胎身子有长有短，有些像螃蟹，有些像蜥蜴。还有好几个死掉了，让她好不伤心。

司法当局曾经试图干预，无奈证明不了她有什么违法之处，于是只好任凭她肆无忌惮地制造怪物。

她现在有十一个活下来的，好坏年头平均，每年能给她带来五六千法郎的进项。只有一个还没有投放到市场，就是她不肯让我们看的这一个。不过在她手里也待不久了，因为全世界跑江湖卖艺的人都知道她，他们经常来看看她是不是又有了什么新货。

如果推出的货色很有身价,她还会组织他们竞拍呢。

我的朋友说完了。我心里感到深深的厌恶,而且十分愤怒,真后悔刚才近在咫尺的时候没有掐死她。

我问:

"那么孩子的父亲是谁呢?"

他回答:

"那就不得而知了。他也好,他们也好,多少还有点羞耻心。他或他们从来不露面。也许他们分享一些红利吧。"

那一天,当我在那时髦社会经常光顾的海滩上看见那个风雅、妩媚、俊俏,受

到周围人喜爱和尊敬的女子时,我本来已经不再去想这件遥远的往事了。

我和海滨浴场的一个医生朋友正挽着胳膊在沙滩上走着。十分钟以后,我看到一个保姆带着三个在沙地里打滚的孩子。

倒在地上的一副小小的丁字拐杖引起我的注意。我这才发现原来那是三个畸形儿,背弯腿瘸,丑陋不堪。

医生对我说:

"这就是你刚才遇见的那个迷人的女人的产物。"

一股深切的怜悯之情袭上我的心头。我大声慨叹:

"噢!可怜的母亲!她怎么还笑得出来!"

我的朋友接着说:

"仁兄,还是不要对她大表同情吧。应该同情的其实是这几个可怜的孩子。这都是直到分娩那一天还要保持身材苗条的后果。这些怪胎都是用紧身褡制造出来的。她明知道玩这种游戏是冒着生命危险的。她才不管呢;只要自己漂亮、让人爱慕就行了!"

所以我才想起另一个女人,那个乡下女人,出卖怪物的魔鬼。

泰奥迪尔·萨博的忏悔[*]

* 本篇首次发表于一八八三年十月九日的《吉尔·布拉斯报》，作者署名"莫弗里涅斯"；一八八六年初首次收入马尔朋和弗拉马里恩出版社出版的莫泊桑小说集《图瓦》第一版。

萨博刚迈进马尔丹维尔那家小酒馆，大家就先笑了起来。这么说，萨博这家伙很逗乐了？不过，他可是个不喜欢神父的人！啊！不喜欢！不喜欢！这捣蛋鬼，他恨不得把他们吃掉呢。

木匠师傅泰奥迪尔·萨博是激进派在马尔丹维尔的代表。他长得又高又瘦，生着一双狡猾的灰眼睛，头发贴着两鬓，嘴唇薄薄的。每当他拿腔捏调地说"咱们的圣父醉鬼[1]"，大家都笑得前仰后合。星期日人家望弥撒，他偏偏干活。每年圣周[2]的星期一他都要杀猪，这样直到复活节他

---

[1] 醉鬼：法语为 le paf；此处通过谐音戏指教皇（le pape）。
[2] 圣周：在基督教传统中，圣周是用来纪念耶稣受难和复活的一周。这周的星期五即耶稣受难节，星期日即复活节。

都能吃上猪血灌肠。本堂神父路过的时候，他总要嘲弄地说："瞧呀，这一位刚在柜台上吞下他的天主。"

神父是个胖子，个子也很高，却对萨博畏惧三分，因为萨博善于恶作剧，这为他博得不少的支持者。而马里蒂姆神父是个政治家，喜爱玩弄手腕。他们之间的斗争，秘密的、激烈的、无休止的斗争，已经持续了十年之久。萨博是村参政员。据说还有望成为村长。如果这事儿成真，那肯定会是教会在本地的决定性失败。

选举即将举行。马尔丹维尔的教会阵营已经不寒而栗。于是，一天早上，本堂神父动身前往鲁昂①；他告诉他的女用人，是去见大主教。

两天后他回来了。他得意扬扬，好像打了胜仗似的。第二天就尽人皆知，教堂的圣坛将要翻修。大主教大人为此慷慨解囊，捐出了六百法郎。

枞木做的旧的神职祷告席，将要全部换成橡树心材的新祷告席。这要做大量的木工活儿；当天晚上，家家户户都在

---

① 鲁昂：法国西北部的一个重要城市，原为诺曼底省省会，现为诺曼底大区滨海塞纳省省会。

谈论这件事。

泰奥迪尔·萨博却笑不起来。

第二天他走出家门，村里的邻居们，不论是朋友还是敌人，都连讥带讽地问他：

"教堂的圣坛是不是让你来修呀？"

他不知如何回答才好，但是他很恼火，恼火透了。

那些坏包儿们还补充说：

"这可是一桩有油水的活儿，至少有二三百好赚呀。"

两天以后，人们得知修缮工作将要交给佩尔什维尔的木匠塞莱斯坦·尚勃勒朗。后来有人否认了这个消息。接着又有人宣布教堂里的所有长凳都要重做。这需要两千法郎，已经向部里提出申请。此事引起更大的轰动。

泰奥迪尔·萨博再也睡不着了。在人们的记忆中，本地还从来没有哪个木匠接过这么大的活儿。后来又有一个说法不胫而走，人们都在悄悄说，本堂神父很苦恼，他不愿把这

件工作让一个外村工匠来干，可是由于信仰问题，又不能交给萨博。

这传言萨博也听到了。他天一黑就前往本堂神父的住处。女用人回答他神父在教堂。他又转往教堂。

两个许了愿终身侍奉圣母的嬷嬷，发了酸的老姑娘，正在神父的指点下为马利亚月①装饰祭台。神父腆着大肚子，站在圣坛中央，指挥着两个女人；她们俩蹬在椅子上，把一个个花束摆放在圣体龛的周围。

萨博在教堂里感到很不自在，就好像来到最大的敌人家里；但是赚钱的热望煎熬着他的心。他手里捏着鸭舌帽，走过去，甚至没注意到两个嬷嬷的存在。她们十分惊讶，目瞪

---

① 马利亚月：基督教信徒传统上将五月称作马利亚月。

口呆，木雕泥塑似的站在椅子上。

他哼哼唧唧地说："您好，神父先生。"

神父只顾着忙祭台的事，连看也没看他一眼，就说："您好，木匠先生。"

萨博心乱如麻，再也找不出什么话来说。不过沉默了一会儿，他还是说：

"您在做准备？"

马里蒂姆神父回答：

"是呀，马利亚月快到了。"

萨博支吾道："是啊，是啊。"接着又没话可说了。

他真想什么也不说，拔腿就走，可是朝圣坛扫了一眼，他欲走还留。他看见那十六个等待更换的神职祷告席，六个在右边，八个在左边，两个在通往圣器室的门边。十六个橡木做的祷告席，成本最多三百法郎；只要手脚不笨，包下来精工细做，肯定可以赚二百法郎。

于是他吞吞吐吐地说：

"我是为了那个活儿来的。"

神父故作吃惊的样子，问：

"什么活儿？"

萨博简直无地自容，咕哝道：

"要干的活儿呗。"

这时神父才转过身来，盯着他：

"莫非您想谈谈修缮本教堂的圣坛的活儿？"

一听马里蒂姆神父那说话的口气，泰奥迪尔·萨博的脊梁上就打了一阵寒战；他再一次恨不得逃之夭夭。然而他还是忍气吞声地回答：

"正是为这个，先生。"

神父把两手交叉在他那宽广的肚皮上，好像惊呆了似的：

"居然是您……您……您，萨博……来向我要求这个活儿……您……本堂区里唯一不信神的人……不过这会闹出丑闻来的，一桩众所周知的丑闻。大主教大人会斥责我，说不定还会撤换我呢。"

他沉吟了几秒钟，用平静了一些的语气说：

"我十分理解，您看到这么重要的工作交给邻近堂区的木匠，心里很难过。可是我没有别的办法呀，除非……不……这不可能……您决不会同意；可是不这样做，那就绝对不行。"

萨博正在看着一直伸展到大门口的那一排排长凳。见鬼去吧！如果这些全要更换新的呢？

于是他问：

"您需要怎么样？尽管说吧。"

本堂神父用坚定的语气回答：

"我需要您作个响亮的保证，保证您的诚意。"

萨博低声说：

"我还不能说……我还不能说，或许我们还能商量商量。"

神父宣布：

"必须在下个星期日望大弥撒时公开领圣体。"

木匠的脸唰的一下变得煞白。他没有回答，而是问：

"那些长凳，也全要重做吗？"

神父很有把握地回答：

"是的，不过要晚一些。"

萨博接着说：

"我还不能说，我还不能说。我并不是不愿改悔，我赞成宗教，这是肯定的；让我感到不舒服的是那些仪式。不过，既然是这样，我也不会顽固到底。"

嬷嬷们已经从椅子上下来，躲到祭台后面去了；她们听着这番对话,激动得脸色苍白。

本堂神父见自己已经胜券在握,便突然变得和蔼可亲:

"好极了,好极了,这话说得聪明,不傻,就这么定了。不会错的,不会错的。"

萨博窘迫地笑着问:

"难道没有办法把领圣体稍稍延后一点吗?"

但是神父又露出严肃的表情:

"既然要把这个活儿交给您干,我就希望看到您确实已经皈依天主教。"

然后他把语气变得温和些,继续说:

"您明天就来忏悔;因为我至少得审查您两次。"

萨博说:

"两次?……"

"对。"

本堂神父微笑着说:

"您很清楚,您需要来个大扫除,一次全面的清洗。就这么说啦,我明天等您。"

木匠很着急,问:

"您要在哪儿做这件事?"

"哦,当然是……在忏悔室。"

"在……那个匣子里,那边,旮旯里?"

"当然啦。"

"不过……不过……那个匣子,对我可不大合适。"

"为什么?"

"因为……因为我不习惯这玩意儿,再说我的耳朵有点背。"

本堂神父表现得非常随和:

"好吧!您就来我的住处,在我的客厅里,就咱们俩,单独地进行。您看这样行吗?"

"行,这对我合适;不过那匣子,不行。"

"那么,明天,干完活以后,六点钟见。"

"就这么说,就这么办,一言为定;明天见,神父先生。谁反悔谁是浑蛋!"

他伸出粗糙的大手,神父的手响亮地落在上面。

击掌声在教堂的拱顶下传开,直到消失在管风琴的琴管后面。

第二天,泰奥迪尔·萨博一整天都心绪不宁。他就像要去拔牙那样心惊肉跳。他脑海里时刻闪动着这个悬念:"我今天晚上要去忏悔。"他那个慌乱的灵魂，一个不坚定的无神论者的灵魂，就要去面对神的奥秘，感到模糊而又强烈的恐惧，几乎发狂了。

他一干完活就向本堂神父的住处走去。神父正在花园里等他，一边在幽长的小径上念着日课经。他满面春风，朗朗大笑着向他迎过来：

"嘿！咱们又见面了。请进，请进，萨博先生，不会把您吃掉的。"

萨博先生第一个进屋。他结结巴巴地说：

"要是不妨碍您的话，我想把咱们那件小事马上办了。"

本堂神父回答：

"我听您的吩咐。我的祭披就在这儿。过一分钟，我就能听您忏悔了。"

木匠已经激动得顾不上想别的；他看着神父披好熨出一道道褶皱的白祭披。神父向他做了个手势：

"跪在这个垫子上。"

萨博不好意思跪下，仍然站着。他结结巴巴地问：

"这有用吗？"

但是神父已经变得十分威严：

"只有跪着才能走近赦罪院。"

萨博跪下来。

神父说：

"请您念 Confiteor①。"

萨博问：

"什么？"

"Confiteor。如果您记不得了，就一句句地跟着我念。"

于是神父有板有眼、慢条斯理地念起神圣的经文来，木匠跟着念。念了一段，神父说：

"现在，您忏悔吧。"

可是萨博说不下去，他不知道从哪儿开始。

马里蒂姆神父只得来帮他：

"我的孩子，看来您不大懂，那么我来向您提问吧。咱们顺着天主的训诫，一条一条地来。您仔细听我念，别慌。您说得要诚实，别怕说得太多。"

　　汝应敬一神，

---

① 拉丁文，意为"忏悔经"。

爱之以诚意。

"您是否像爱天主一样爱过别的人或别的东西？您是否以全部的心、全部的灵魂、全部的力量爱过天主？"

萨博费劲地思索着，都急出汗来了。他回答：

"不。啊，不，神父先生。我爱慈善的天主，尽可能地爱。这个嘛——是的——我很爱他。要说我不爱自己的孩子，不，我做不到。要说必须在孩子和天主之间选择，这个我没法说。要说为了爱天主必须损失一百法郎，这个我没法说。我当然很爱他，这是肯定的，无论怎样我都爱他。"

神父严肃地说：

"应该爱天主胜过一切。"

萨博真心诚意地说：

"我会尽量去做，神父先生。"

马里蒂姆神父接着说：

天主不可骂，

他物亦如是。

"您可曾说过渎神的话？"

"没有。哦！这个可没有！我从来不说渎神的话，从来不。有时候，在气头上，我当然说过'活见鬼'①！说这个，总不能算我渎神吧。"

神父大吼道：

"这就是渎神！"

接着声色俱厉地说：

"再也别这么说了。我继续念：

主日勿做工，

专心事天主。

"您星期日都做什么？"

这一来，萨博挠

---

① "活见鬼"：原文为"sacré nom de Dieu"，含有"天主"（Dieu）一词。

起耳朵来了：

"我嘛，我用我最好的方式侍奉慈善的天主，神父先生。我在家里……侍奉他。我星期日干活儿……"

本堂神父这一次表现得宽宏大量，打断他，说：

"我知道，您将来会守规矩的。我下面跳过几条训诫，因为我相信您没有违背过这些训诫。现在咱们来看看第六条和第九条。我接着念：

>不可夺人财，
>
>也勿取以计。

"您可曾用什么手段骗取过别人的钱财？"

泰奥迪尔·萨博这一下火了：

"啊！绝对没有。啊！绝对没有。我是一个诚实的人，神父先生。这个嘛，我敢发誓，肯定没有。要说我没有偶尔给有钱的主顾多算几个钟点的工时，这我不敢说。要说我没有在账单上多加几个生丁，就几个生丁，这我不敢说。但是偷盗，没有；那种事，没有。"

本堂神父严肃地说：

"骗取一个生丁也是偷盗。以后别再干了。

  妄证不可说,
  谎语最当弃。

"您说过谎吗？"
"没有，这个没有。我不是喜欢撒谎的人。这是我的优点。要说我没有讲过什么笑话，这个嘛，我不敢说。要说牵涉到我的利益时我没有让人相信过不存在的事，这个嘛，我不敢说。但是提到说谎，我可不是喜欢说谎的人。"

本堂神父只简单地说：
"以后要更检点一些。"
然后，他又念道：

  若非夫妇间,
  性交宜永忌。

"您可曾欲求或者占有您妻子以外的任何女人？"
萨博发自内心地叫了起来：

"这个没有；啊！这个没有，神父先生。我可怜的妻子，欺骗她！不！不！一丝一毫也没有过，不管是思想里还是行动上都没有过。真的。"

他沉默了几秒钟，然后，好像产生了一点怀疑，他压低了声音说：

"进城的时候，要说我从来不去那个地方，您很清楚，就是妓院，为了开开心，找找乐，换换花样，这个嘛，我不能说没有……不过我是付钱的，我每次都付钱。既然付了钱，那就神不知鬼不觉了。"

本堂神父不再追究，赦免了他的罪。

泰奥迪尔·萨博揽下了修缮圣坛的活儿，并且每个月都领圣体。

抽搐 *

* 本篇首次发表于一八八四年七月十四日的《高卢人报》；一九〇〇年首次收入保尔·奥朗道尔夫出版社出版的莫泊桑小说集《流动商贩》。

吃晚饭的客人们缓步走进旅馆偌大的餐厅，各自就座。为了等一等晚到的人，免得菜凉了再端回去，侍者们开始不慌不忙地伺候大家；常来洗温泉浴的老客人，每逢这个温泉浴季节就来的客人，都兴致勃勃地注视着门，希望每次门一开就能看到新的面孔出现。

这也是所有温泉城的最大消遣了。大家在等待吃晚饭的时候，审视这一天的新来者，猜测他们是什么人，他们是干什么的，他们在想什么。我们的脑海中都游荡着一种热烈的希望，希望有一些令人愉快的邂逅，希望结识一些可爱的人，也许还希望找到爱情。在这种亲密接触的生活中，隔壁的房客，素不相识的人，都具有了极大的重要性。好奇心已觉醒，善意在期待，交往势在必行。

先是一个星期的反感，继而是一个月的友好，在温泉城相识的特殊视觉下，人们看人的眼光会很不相同。黄昏，晚饭以后，在沸腾着治病泉水的公园的树下，一小时长谈就能豁然发现某些人的超级智慧和惊人优点；而一个月以后，又会把这些最初觉得那么可爱的新朋友忘得一干二净。

在这里也能比所有地方更快地建立起持久和认真的关系。大家每天见面，很快就互相了解；如果说在开始的好感中还掺杂着对旧日知己的淡忘了的温情，那么后来，人们只会留下对最初时刻的友谊的珍贵甜蜜的回忆，对推心置腹的最初交谈的回忆，对内心隐秘尽在不言中的最初的目光的回忆，对最初的热诚信任的回忆，对彼此敞开心扉的美妙感觉的回忆。

而浴场的郁闷，日复一日的单调生活，又让这友情的绽放随着时间而更加饱满。

那天吃晚饭时，我们像每天晚上一样，等待着陌生的面孔。

只来了两个人：一个男人和一个女人，不过很特别，是父亲和女儿。就像爱伦·坡[①]笔下的人物，他们立刻给我留

---

① 爱伦·坡：全名埃德加·爱伦·坡（1809—1849），美国诗人和小说家，尤以侦探小说和恐怖小说的创作著称。

下深刻的印象；在他们身上有一种神态，一种不幸者的神态；我猜想他们都像是命运的牺牲品。那男人身材很高很瘦，微微驼背，头发已经全白，相对他那还算年轻的面孔，实在有些太白了；他的举止和身体里带有某种严肃之气，清教徒保留着的那朴素的仪表。而那个姑娘，大约二十四五岁的模样，个子矮小，也很瘦，脸色苍白，神情疲惫，好像精疲力尽了似的。我们偶尔会遇到这样的人，看上去弱得连生活中最基本的活儿也做不了，弱得连动弹、走路、做日常要做的事的力气都没有。这女孩长得挺好看,有一种幽灵般的苍白的美;她吃东西吃得慢极了,仿佛连挪动一下胳膊的力气都没有。

想必是她来洗温泉浴喽。

他们在桌子另一边坐下,和我面对面;我立刻就注意到父亲患有非常奇怪的神经性抽搐。

每当他要够一个东西的时候,在碰到那个东西之前,他的手总是迅速地画一个吊钩,一个疯狂的"之"字。看了一会儿,这个动作让我感到太难过了,我扭过头去不再看他。

我还发现,那年轻的姑娘吃饭的时候,左手总戴着手套。

晚饭以后,我去温泉浴所的花园里转一圈,这在奥弗涅[①]地区沙泰尔-吉庸[②]的小温泉站是再平常不过的了。我们的这座温泉站隐藏在一个峡谷里,高山脚下,来自古老火山深邃的温床的滚烫泉水从山上流下。在我们上方的火山丘那儿,熄灭的火山在长长的山脉上扬起它们截去了脑袋的圆口。而沙泰尔-吉庸就是这火山丘地带的开端。

---

① 奥弗涅:法国中部一个具有独特历史和文化传统的地区,现为奥弗涅-罗讷-阿尔卑斯大区的一个组成部分。

② 沙泰尔-吉庸:法国市镇,位于奥弗涅-罗讷-阿尔卑斯大区多姆山省,温泉浴胜地。

再远处，是连绵的峰顶；更远些，布满悬崖峭壁。

多姆山①是火山丘中最高的一座，桑西峰②是山峰中最陡峭的一个，康塔尔高原③是高原中最广阔的一片。

那天晚上很热。我在绿荫覆盖的小路上游逛，走到俯瞰花园的圆山丘时，游乐场正开始传出隐约的歌声。

我看见父女俩正从远处慢步向我走过来。我向他们致意；在温泉城，同旅馆的伙伴相遇都会互相打个招呼。那位先生立刻停下来，问我：

"先生，您能不能给我们指一条近路，又好走，景色又好；请原谅我打扰了。"

我主动表示可以领他们去一个小峡谷，那是一个深深的峡谷，有一条狭窄的小路，两边宽广的山坡上怪石嶙峋，绿树繁荫，一条小河在谷底潺潺流淌。

他们同意了。

我们自然而然地说起温泉浴的功能。

---

① 多姆山：法国中央高原普依山脉的著名的死火山之一，海拔1465米。
② 桑西峰：法国中央高原的最高的山峰，海拔1885米。
③ 康塔尔高原：位于奥弗涅地区，占康塔尔省的大部分面积。康塔尔峰是康塔尔火山高原的制高点，海拔1885米。

"噢,"那位先生说,"我的女儿得了一种奇特的病,也不知道是在什么部位。她经常莫名其妙地神经性发作。有人说是心脏的病,有人说是肝脏的病,有人说是一种脊髓病。现在,人们又归咎于胃,这可是人体的大锅炉和大调节器,这种普罗透斯①似的病,变化多端,可以伤害到许多部位。这就是我们来这儿的原因。我呢,我认为这更可能是神经的毛病。总之,这很不幸。"

我立刻联想到他的手剧烈抽搐的事,便问他:

"会不会是遗传呢?您本人不是神经也有点毛病吗?"

他神情自若地回答:

"我吗?……那不是……我的神经从来都很正常……"

沉默了一会儿,他又说:

"啊!您是说我拿什么东西的时候手有些痉挛,是不是?那是因为我受到过一次可怕的刺激。您能想象这个孩子被活埋过吗?"

除了一声惊讶的"啊!",我不知道说什么才好。

他接着说:

---

① 普罗透斯:希腊神话中的变化无常的海神。

那件惊险的事是这样的。事情很简单。朱莉埃特有一段时间经常心脏病发作得很厉害。我们以为真的是这个器官的病,已经做好了最坏的准备。

有一天,人们把她抬回来,浑身冰凉,没有生气,已经死了。她在花园里跌倒了。医生确认她已经死亡。我在她身边守了一天两夜;我亲手把她放进棺材,一直送她到墓地,放进我们家族的墓穴。那是在洛林①乡下。

我早已有这个心愿,便这么做了,把她的首饰、手镯、项链、戒指,我送给她的所有礼物,还有她第一次

---

① 洛林:法国东北部的一个具有独特历史和文化传统的地区,与比利时、卢森堡和德国接壤。

舞会穿的连衣裙，都跟她一起下葬。

您应该想象得到，我回到家里，多么伤心，多么悲哀。我只有她；我的妻子早就亡故。我孤单一人回到家里，几乎要发疯了，疲惫不堪，倒在卧房的扶手椅里，连思想和动作的力气都没有了。我已经一无所有；我只不过是一部痛苦、颤抖的机器，一个被生剥了皮的人；我的灵魂就像一个裸露的伤口。

老仆人普罗斯佩尔一声不响地走进来；是他帮我把朱莉埃特放进棺材、为她最后的长眠化妆的。他问我：

"先生想吃点什么吗？"

我没有回答，只是摇摇头表示不需要。

他又问：

"先生，这可不行，这会伤身体的。先生要不要我伺候上床？"

我说：

"不要。让我一个人待着吧。"

他便退了出去。

过去了多少时间，我一点也不知道。噢！多么凄惨的夜晚！多么凄惨的夜晚！天很冷；大壁炉里的火已经灭了。风，冬天的风，冰冷的风，严寒的大风，吹打着窗户，发出阴森和有规则的响声。

过去了多少时间？我待在那里，毫无睡意，心情沮丧，浑身无力，睁着眼睛，四肢直挺，身体疲软，像死人一般，绝望得头脑呆滞。忽地，进门处的大铃铛，门厅的大铃铛响了。

我是那么震惊，压得椅子咯吱作响。严肃低沉的铃声像在墓穴里一样在空荡荡的古堡里回响。我回过头去看看时钟，已经是凌晨两点。这个时候谁会来呢？

突然，铃声又响了两下。用人们大概都不敢起来。我拿起一支蜡烛，走下

楼。我差一点要问：

"谁在外面？"

很快，我就为自己的怯懦而感到羞耻；我慢慢拉开粗大的门闩。我怕极了，心怦怦直跳。我猛地拉开门，只见黑暗中立着一个白色的人影，像一个幽灵。

我吓坏了，向后退了一步，低声问：

"谁……谁……您是谁？"

一个声音回答：

"是我呀，爸爸。"

是我的女儿！

我肯定以为自己疯了；这鬼魂往里走，我往后退；我一边退，一边挥手赶她，也就是您看到过的那个手势；那个手势从此就再也没有改变。

那现身的幽灵又说：

"别怕，爸爸；我没有死。有人想偷我的戒指，切断了我的一个手指；流起血来，我复活了。"

我一细看，她身上果然溅满了血。

我瘫倒在地上，几乎窒息过去；我泣不成声，气喘吁吁。

过了一会儿，我稍稍清醒了一点，但依然惊魂未定，难以理解这突然到来的莫大的幸福。我让她上楼到我的房间去，坐在我的扶手椅里；然后，我便紧急地拉铃召唤普罗斯佩尔，要他把壁炉燃起来，准备点喝的，找医生来。

老仆人走进来，看见的我女儿，顿时吓得目瞪口呆，仰面栽倒在地上，一命呜呼。

原来是他打开的墓穴，截断我女儿的手指，然后扔下了她：因为他消除不了盗墓的痕迹。他甚至没有想到把棺材放回原位，因为他肯定我不会怀疑到他，我对他一直是完全信任的。

您瞧，先生，我们多么不幸。

他不说了。

夜色降临，笼罩着孤寂凄凉的小山谷。和这两个遭遇奇特的人——起死回生的女孩和手势吓人的父亲在一起，我感到一种神秘的恐惧。

我找不出任何话可说，只低声道：

"多么可怕的事啊！"

过了一会儿,我又说:

"咱们回去好吗,我觉得有点凉意了。"

我们就返回旅馆。

完了 *

* 本篇首次发表于一八八五年七月二十七日的《高卢人报》；一九〇〇年首次收入保尔·奥朗道尔夫出版社出版的莫泊桑小说集《流动商贩》。

德·罗姆兰伯爵刚穿好衣服，向覆盖盥洗室一面墙的大镜子里看了最后一眼，微微露出笑容。

尽管头发已经灰白，但他确确实实还是个美男子。他个子高高，身材矫健，姿态优雅，肚子也没有发胖；清瘦的脸上蓄着精致的小胡子，说不准是哪种颜色，勉强可以说是金黄色吧。他颇有风度，气质高贵，而且还很有派，总之，他有比几百万家产更能区别出两个人的气度，那种我也说不清的气度。

他自言自语：

"罗姆兰活得不错啊！"

说罢他就走进客厅；送来的信件在等着他。

在他的书桌上，每样东西都有它的位置，虽然这位先生从来也不需要在这张工作台上工作。此刻，在三份政见不同的报纸旁边，十来封信正等着他读。他像赌徒要选一张牌那样，用手指一拨，把所有的信都摊开，以便辨认字迹。这是他每天早上拆信之前都要做的。

对他来说，期待、选择和隐约的不安，是一段很美妙的时光。这些密封的、神秘的纸会给他带来什么呢？它们包含着什么，是欢乐、幸福还是忧伤？他很快地把它们扫了一眼，一边辨认，一边选择，根据自己的意愿把它们分成两三摞。这一摞，是朋友；那一摞，无关紧要的人；那旁边，不认识的人。那些不认识的人总让他感到有点儿莫名其妙。他们想干什么？这些充满思想、诺言和威胁的奇怪的字句，究竟出自什么样的人的手笔呢？

这一天，有一

封信特别吸引了他的目光。其实这封信很简单,并没有透露什么特别的东西;可是他却不安地审视着它,心头一阵战栗。他想:"这会是谁写的呢? 我肯定看到过这个笔迹,却认不出是谁的了。"

他用两个手指小心翼翼地拈着它,举到脸这么高,试图透过信封看清里面的字,因为他还没有决定拆开它。

接着,他又闻了闻它,从桌子上拿起一个小放大镜,这东西摆在那里就是用来研究字迹的每个细节的。他忽然一阵神经紧张:"这是谁的手笔呢? 这笔迹我眼熟,非常眼熟。我应该曾经经常读这人写的字,是的,很经常。不过,这应该是很久很久以前的事了。见鬼,这会是谁写来的呢? 妈的! 八成是要钱的。"

他拆开信封,读起来:

亲爱的朋友:

您大概已经把我忘记了,因为我们有二十五年没有见面了。我那时还年轻,现在老了。我跟您说再见时,正要离开巴黎,随我丈夫去外省。我那年迈的丈夫,您总称他"我的医院"。您还记得他吗? 他死了已经五年了；而现在，我又回到巴黎，为了把女儿嫁出去；我有一个女儿，一个十八岁的漂亮的女儿。您没有见过她。她出生时我告诉过您，但是您肯定没有注意到一件这样微小的事。

我听人说，您，仍然是那个英俊的罗姆兰。那么，如果您还记得您当年叫"丽松"的那个小丽丝，就请您今晚来同她，也就是年老的德·旺斯男爵夫人，您的永远忠实的朋友，一起吃顿饭；她有点激动，也很高兴，正向您伸出她始终不渝的手；您不一定再吻它，但一定得握啊，我可怜的小雅克。

丽丝·德·旺斯

罗姆兰的心怦怦地跳起来。他久久地坐在扶手椅里，信摊在膝盖上，目不转睛地望着前方，一阵钻心的伤感让他泪水盈眶。

如果说他这一生里爱过一个女人，那就是这一个，小丽丝，丽丝·德·旺斯，他从前爱叫她"灰姑娘"，因为她的头发颜色很特别，眼睛是淡灰色的。啊！这个脆弱的男爵夫人，那个患痛风病、满脸粉刺的老男爵的妻子，那时是多么清秀，多么美丽！由于嫉妒英俊的罗姆兰，老男爵把她强行带到外省去，关起来，与世隔绝。

是的，他爱过她，而且相信她也深深地爱过他。她亲昵地叫他"小雅克"，叫这个名字时声音是那么甜美。

千百种逝去的往事涌入脑海，遥远而又甜蜜，现在想起来却令人怅然。一天晚上，她从舞会出来，走进他家，然后他们去布洛涅树林转了一圈；她穿着袒胸露肩的连衣裙，而他穿着家常的上装。那时是春天，气候温和。她的连衣裙的香味让和煦的空气也弥漫了芳香，那香味里也许还带着她皮肤的馨香。多么迷人的夜晚啊！走到湖边时，月光透过树枝倒映在水中，她忽然哭泣。他有些惊讶，问她为什么哭。

她回答：

"我也不知道；是月亮

和湖水感动了我。每当我看到富有诗意的东西，我就会伤心流泪。"

他笑了，也受到了感动，觉得女人，稍有感觉都会弄得神魂颠倒的可怜女人，这幼稚的激动真是又傻又可爱。他热烈地拥吻她，低声说：

"我的小丽丝，你真可爱。"

多么美妙的爱情，优雅而又短暂，它来得快也结束得快，在热情沸腾之际被老迈而又粗野的男爵突然打断；他带走了他的妻子，从此再也没有让任何人看到她！

当然啰！两三个星期以后罗姆兰就忘记了她。在巴黎，当你还是个小伙子的时候，一个女人那么快就赶走了另一个女人。不过，不管怎么样，他在心里始终还为她保留着一座小祭坛，因为他只爱过她！现在他终于明白了。

他站起来，高声说："我今晚一定要去吃晚饭！"说完，他本能地转身面对着镜子，从头到脚打量着自己。他想："比起我来，她应该苍老得很厉害了吧。"他打心眼里高兴，能让她看到自己还是这么漂亮，这么精力充沛，能让她吃惊，也许还能让她动情，惋惜那么遥远遥远的过去的岁月！

他又继续读别的信。那些信都无关紧要。

整个白天他都在想这个重又出现的女人！她现在是什么样子呢？时隔二十五年又这么不期而遇，岂不是很离奇！他还能认得出她吗？

他就像一个爱美的女人一样梳洗打扮了一番：他穿上一件白坎肩，这比黑坎肩跟他的礼服更相衬；他把理发师叫来给他烫了烫头发，因为他的头发还保存得挺好；接着他很早就出发，表示他多么地迫不及待。

他走进一间新陈设的漂亮的客厅，看到的第一件东西是他自己的一张肖像，一张褪了色的老照片，是他风华正茂的时期拍的，嵌在一个旧时丝绸做的雅致的相框里，挂在墙上。

他坐下，等着。一扇门终于在他身后打开；他猛地站起来，转过身去，看见一个白发苍苍的老妇人向他伸出双手。

他抓住她的两只手，一只接一只吻了很久；然后抬起头，看着他的女友。

是的，那是一个老妇人，一个已经认不出来的老妇人；他真想哭，不过还是强作笑容。

他低声问：

"是您吗，丽丝？"

"是的，是我，确实是我……您认不出我了，是不是？

我经受过那么多苦难……那么多苦难……苦难已经焚毁了我的生命……现在我就在这儿……您看看我……啊，还是别看的好……别看我……而您依然是那么漂亮，您……而且年轻！……我呢，如果在大街上偶然遇到您，我会立刻叫喊：'小雅克！'现在，您坐下，我们先聊聊。然后我去叫女儿，我的已经长大的女儿。您会看到她多么像我……或者不如说从前的我多么像她……也不对，应该说：她和从前的'我'完全一样。您等着瞧吧！不过我本想我们先独自待一会儿。我怕一见面会有些激动。现在，结束了，过去了……请坐，我的朋友。"

他始终握着她的手，在她旁边坐下；不过他不知道跟她说什么好：他不认识这个人；他似乎从来没有见过她。他到这家来做什么呢？他能说什么呢？说从前的事？他和她有过什么关系呢？面对这张老祖母的脸，他什么也记不起来了。从前，当他偶尔想到小丽丝，那个娇媚的"灰姑娘"，一些可爱、甜蜜、温柔或者令人伤心的事会涌上心头。而今，从前的她，他爱过的她，遥远梦中的她，灰眼睛、金头发、叫起"小雅克"来那么动听的年轻姑娘，怎么会变成这样呢？

他们并肩坐着,一动不动;两人都有些尴尬,不知所措,被一种深深的不自在的感觉弄得很困惑。

由于他们只是有一搭无一搭地说些琐碎、无谓的话,她便站起来,按了一下唤人的铃。

"我把勒内叫来。"她说。

只听一声门响;接着是裙衣的窸窣声;然后是一个年轻的声音大声说:

"我来了,妈妈!"

罗姆兰就像面对一个幽灵一样目瞪口呆。他结结巴巴地说:

"您好,小姐……"

然后,他转向母亲,说:

"啊!这简直就是您!……"

确实,这就是她,从前的她,消失的丽丝回来了!他又找到的她,跟二十五年前被夺走的她一模一样。这一个甚至更年轻,更水灵,更多几分稚气。

他真想展开手臂重新拥抱她,在她耳边低声说:

"您好,丽松!"

这时,一个仆人报告:

"夫人，请用餐！"

他们就走进餐厅。

晚饭中间发生了什么？人们对他说了些什么？他又回答了些什么？他就像进入了那种让人发疯的幻境。他带着一个摆脱不掉的想法，一个狂人的病态的顽念，看着这两个女人：

"哪一个是真的呢？"

母亲面带微笑，反复地问：

"您想起来了吗？"

他还是在女儿的明亮的眼睛里找到了自己的记忆。他二十次开口要问她："您想起来了吗，丽松？……"竟完全忘了那个白发的夫人正含情脉脉地看着他。

然而，此时他真的什么都不知道了，他已经失去头脑。不过他发觉今天的这个她和从前的那个她并不完全一样。另一个，从前的她，声音里，目光里，整个人身上，有点儿什么是他在今天的她身上没有找到的。他绞尽脑汁回忆他的女友，想捕捉到他遗忘了的，她有的，而这个新生的她没有的东西。

男爵夫人说：

"您失去了当年的活力了,我可怜的朋友。"

他低语道:

"我失去的东西多着呢!"

不过,在他翻腾的心里,他感到自己昔日的爱情重生了,就像一头苏醒过来正要咬他的野兽。

年轻的姑娘喋喋不休地说着。一些重现的旧时音响,一些母亲常说而被她学来的词,整个说话和思维的方式,以及相濡以沫而获得的心灵和态度的相似,让罗姆兰从头到脚震撼不已。这一切深入他的内心,正在他重新打开的感情上划出伤口。

他很早就告辞,去林荫大道转了一圈。但那个女孩的形象一直追随着他,萦绕着他,冲击着他的心,让他热血沸腾。他现在远离了两个女人,眼前闪现的只有一个:那年轻时代的、从前的、重又出现的她;他像从前一样

爱她。在中断二十五年之后，他更加热烈地爱她。

他于是回家去思考这奇怪而又可怕的事，想想自己该怎么办。

但是，当他拿着蜡烛经过镜子前面，经过他出发前曾经打量和欣赏自己的那面大镜子前面时，他在里面看到一个头发花白的成年人。顿时，他记起从前和小丽丝相爱时的他；他又看到了自己，优雅、年轻，像他被爱时那样。他接着把烛光移近，就像用放大镜审视一件奇特的东西一样，仔细端详自己，观察脸上的皱纹，这才看到自己从未注意到的岁月摧残的可怕痕迹。

他垂头丧气地坐下，面对自己，面对自己可悲的形象，低声哀叹："罗姆兰完了！"

我的二十五天 *

* 本篇首次发表于一八八五年八月二十五日的《吉尔·布拉斯报》；一九〇〇年首次收入保尔·奥朗道尔夫出版社出版的莫泊桑小说集《流动商贩》。

我刚住进我在旅馆里的房间。这房间就像一个狭小的盒子，夹在两片纸一样薄的隔墙之间，隔壁的人有一点点声响都会传过来。我开始把自己的衣物放进带镜子的衣柜；打开中间的抽屉，一眼看见一个卷了边的记事本。我把它摊平，打开，赫然看到这样一个标题：

我的二十五天

这是在我之前住这个房间的一位旅客，一个来洗温泉浴的人的日记，离开的时候遗忘在这里了。

这些笔记对那些从未离过家的聪明而又健康的人来说，可能不无裨益。我一字不改，抄录在下面供他们一读。

七月十五日于沙泰尔－吉庸

这地方，第一眼看去就不招人喜欢。然而，我却要在这里度过二十五天，治疗我的肝、我的胃，稍微减减肥。一个洗温泉浴的人的二十五天，很像一个预备役军人的二十八天[①]；他们得做各种杂役、各种艰苦的杂役。今天，还没事。我只是安顿下来，认识一下环境和医生。沙泰尔－吉庸有一条小溪，在几个小山丘之间流淌，溪水是黄颜色的，小丘上有一个游乐场、一些房屋和一些石头的十字架。

在谷底的小溪边，可以看到在一个小花园中间有一座方形建筑物，那就是温泉浴室。一些愁眉苦脸的人在这房屋的周围蹒跚，这些人就是病人。浓荫遮蔽下的小路，一片肃静，因为这里不是娱乐场，而是一个真正的疗养所；人们信心满满地在这里治疗，似乎也在这里恢复健康。

一些权威人士甚至言之凿凿，说这里的矿泉水能

[①] 一八七二年法国军队重组，预备役为期四年，其间预备役军人须接受两次为期四周即二十八天的军事训练。

产生真正的奇迹。然而收费处的周围却没有挂一件 ex voto①。

时不时,一位先生或者太太走向一个石板瓦顶的亭子。亭子里有一个笑脸迎人的温柔的妇女,看守着一个水泥的小池子,矿泉水在池子里翻滚。病人和这个看守治病泉水的女人之间没有交谈一句话。后者递给前者一个小杯子,杯子里的透明液体冒着气泡。对方喝完水,便迈着庄重的步子离去,重又在树荫下开始中断了的散步。

这小花园里万籁俱寂,树叶间没有一丝风,寂静中没有一点人声。入口处本应写明:"疗养重地,禁止言笑"。

谈话的人也都像为了模仿发声才动嘴似的,其实他们是害怕发出噪音。

旅馆里也是同样寂静。这是一家大旅馆,人们在餐厅里吃晚饭的时候都神情严肃;这都是些挺体面的人,他们之间却好像无话可谈。从他们的举止可以想见他们有良好的教养,他们的脸上透露出高人一等的自信,但

---

① ex voto:拉丁文,感恩或还愿的奉献物或敬献牌,常见于教堂、神殿等可能有"神迹"的地方。

是要让他们拿出确实优越的证明，恐怕很难。

两点钟的时候，我上山去游乐场。那是坐落在小山丘上的一座木头小房子，得从一条陡峭的羊肠小路攀登上去。不过从那里看到的景色却是美不胜收。沙泰尔－吉庸位于一个狭窄的谷地里，正好在平原和丘陵之间。向左，我可以远眺奥弗涅山脉最近的一波巨浪般的峰峦，郁郁葱葱，间或露出一些硕大的灰色斑点——坚硬的熔岩的骸骨，因为我们就在古老火山的脚下。向右，越过山谷狭窄的V字形缺口，我可以驰目一望无际的平原，仿佛淹没在近乎蓝色的云海里，只能隐约猜出平原上的村庄、城市、成熟的黄色麦田和苹果树荫下的方形的绿色草场。那就是辽阔、平坦、永远包裹在淡淡雾幕里的利马涅[①]。

夜晚来临。现在，我独自一人吃完了晚饭，正在敞开的窗前写下这几行字。我听到那边，对面的游乐场，小乐队在演奏乐曲，就像一只疯狂的鸟儿孤孤单单在荒野里歌唱。

---

① 利马涅：奥弗涅地区的一片土地肥沃的大平原。

一条狗偶尔叫几声。这深沉的静谧对人很有好处。晚安。

七月十六日

什么情况也没有。洗了个温泉浴，又冲了个淋浴。喝了三杯矿泉水，每喝完一杯就在花园里的小路上走一刻钟，喝完最后一杯又走了半个小时。我的二十五天开始了。

七月十七日

发现两个神秘的漂亮女人，洗温泉浴和吃饭都在所有人之后。

七月十八日

什么情况也没有。

七月十九日

又看到那两个漂亮的女人。她们长得挺标致，而且有一种说不出的娇媚，很让我喜欢。

七月二十日

在一个林木茂盛的幽美的山谷里游览了很长时间，一直走到无忧隐修院。这一带景色宜人，虽然有些凄凉，但是非常幽静，非常温和，满眼绿色。在山路上遇见一些满载干草的狭而长的大车，两头牛慢吞吞地拉着；下坡的时候，拴在一起的牛脑袋使出很大力气把车控制住。一个戴黑色大礼帽的男人手执一根细棍，时而敲敲它们的肋部，时而触触它们的额头，指挥着它们；在艰难的下坡路上，当过重的负荷迫使它们加快脚步的时候，他只用一个简单的手势，一个有力而又严厉的手势，就能使它们戛然止步。

山谷里的空气呼吸起来很甜美。虽然天气很热，但是尘土带来一股股轻微、隐约的香草和牛圈的气味；因为从这些路上经过的牛很多，到处留下它们的痕迹。这气味闻起来挺香；如果是来自别的动物的气味，就会恶臭难闻。

七月二十一日

徒步游览昂瓦尔山谷①。它位于山脚下一个狭窄的咽喉地带，夹在嶙峋的巨岩之间。一条小溪在重重叠叠的石头中间潺流。

到达这条细谷谷底的时候，我忽然听到女人的说话声，紧接着就看见和我住在同一旅馆的那两个神秘的女子，正坐在一块岩石上聊天。

我觉得这是个好机会，就毫不犹豫地做了自我介绍。我的坦诚得到她们毫不尴尬的回应。我们一起走回

---

① 昂瓦尔山谷：法国多姆山省沙泰尔－吉庸温泉城附近的一个山谷。莫泊桑的长篇小说《奥利沃山》中的温泉站就在这里。

来。我们一路走一路谈巴黎；好像她们认识很多我也认识的人。她们究竟是什么人呢？

我明天还能和她们见面。再也没有比这种邂逅更有趣的了。

七月二十二日

几乎整天都和那两个陌生女人一起度过。说真的，她们很漂亮，一个头发是褐色的，另一个头发是金黄色的。她们自己说是寡妇。哼？……

我提议明天带她们去卢瓦亚[1]，她们接受了。

沙泰尔－吉庸并不像我初到时想的那样凄凉。

七月二十三日

全天在卢瓦亚度过。卢瓦亚在克莱尔蒙－费朗[2]的郊外，一条峡谷谷底的一个市镇，到处是旅馆。人很多。

---

[1] 卢瓦亚：法国多姆山省的一个市镇，在克莱尔蒙－费朗市西郊，尤以温泉浴著称。
[2] 克莱尔蒙－费朗：法国中部重镇，多姆山省省会，今属奥弗涅－罗讷－阿尔卑斯大区。

大公园里很热闹。顺着山谷远远望去，尽头可见多姆山的壮丽景色。

人们都很注意我的两个女伴，这让我颇为得意。男人有一个漂亮女人相伴，就像戴上一顶桂冠，总是感到很有光彩；更何况这个男人是在两个漂亮女人之间周旋。在一家顾客满堂的饭店里，和一位众目瞩望的女友一起进餐，再也没有比这更让人高兴的事，也再没有比这更让一个男人受到邻座人敬重的了。

乘一辆劣马拉的车去树林①和挽一个丑女人去林荫大道②，是最丢面子的两件事，会让一颗在乎他人看法的敏感心灵受到沉重打击。在所有的奢侈品中，女人是最稀有、最高雅、价值最昂贵、最让人羡慕我们的，因此也是我们最爱呈现在公众嫉妒的目光下的。

向世人展示挽着臂的漂亮女人，顿时就能引起所有人的羡慕；那就等于说：你们瞧，我很富有，因为我拥有这稀罕而又昂贵的物品；我很有品位，因为我能发现

---

① 树林：指布洛涅树林，见第143页注②。
② 林荫大道：见第23页注①。

这珍珠；也许我还被爱，除非我被她欺骗，而被欺骗又恰恰证明别人也认为她迷人。

总之，和一个丑女人在城里散步，太丢面子了！

而且这还会令人联想到其他许多丢面子的事！

一般说来，人们会猜想她是您的合法妻子。怎能相信您会有一个丑陋的情妇呢？一个真正的妻子不但可能长得很丑陋，她的丑陋还可能意味着无数让您不愉快的东西。首先，人们会以为您是个公证人或者法官，因为这两个行业垄断了奇丑无比然而陪嫁丰厚的女人。可是，对一个男人来说，这岂不是太难堪了吗？而且，这仿佛就是在向公众大声招认，您有可耻的勇气甚至是法律义务抚摸那张古怪的脸和那个畸形的身躯。您大概还不知羞耻地让这个绝不会引起别人欲念的女人做了母亲，那就更是可笑之至。

七月二十四日

我和那两个陌生的寡妇已经形影不离，也已经开始了解她们。这地方真美，我们的旅馆好极了。气候非常适宜。治疗对我大有好处。

七月二十五日

乘双篷四轮马车在塔兹纳湖[1]游玩。这次美妙的出游是在吃午饭时决定的，可以说心血来潮。离开饭桌，我们立刻就出发，在山里走了很长的路以后，突然远远看见一个景色秀丽的小湖，圆圆的，碧蓝碧蓝的，像玻璃一样清澈，安卧在一个古老的火山口里。这个巨大水槽的一侧光秃秃的，另一侧树木繁茂。树林中间有一个小屋，里面住着一个聪明可爱的人，一个在这维吉尔[2]式的地方生活的智者。他向我们打开房门。我一时兴起，大声说，咱们游泳好不好！……大家说："好呀，不过……没带游泳衣！"

"没关系！这里空旷无人。"

于是大家下湖游泳……

如果我是诗人，我一定会吟唱赤裸的年轻肌体在透明的湖水中一览无余的难忘景象！前伸的陡岸封闭着

---

[1] 塔兹纳湖：位于多姆山省，在利奥姆市西北二十公里，由距今两万九千年的一次火山爆发形成，呈直径七百米的圆形，水深七十至九十米。
[2] 维吉尔：全名普布利乌斯·维吉尔·马罗（前70—前19），古罗马诗人。他在《牧歌集》里描写了他理想中的田园生活。

纹丝不动、光闪熠熠、像一枚银币一样圆的湖面；太阳把它火热的光芒像下雨般倾泻在湖面上；金黄色的肉体在几乎看不见的湖水中顺着岩石滑动，游泳的女人们就像悬在空中；湖底的沙石上看得到她们移动的身影！

七月二十六日

有几个人似乎对我和两个寡妇这么快就如此亲昵有些反感和不满。

世上就是有这么一些别扭的人，认为人生就是为了自寻烦恼。所有开心的事在他们看来都是缺乏教养或道德。他们认为，义务有诸多不可改变、凄惨得要命的规定。

我谦恭地提请他们注意，摩门教①徒、阿拉伯人、祖鲁人②、土耳其人、英国人和法国人对义务的观念③是

---

① 摩门教：一八三〇年创立于美国的一个基督教派，自称最后的圣徒。
② 祖鲁人：南非、莱索托等地的居民。
③ 莫泊桑这里所说的"义务"，指妇女合法的婚姻。这段文字的写作和一件时事密切相连。莫泊桑说妇女合法婚姻的最低年龄在英国规定从九岁开始，实际是十三岁。当时有英国议员提议降至十一岁甚至九岁，这不仅在英国，也在法国引起争论。莫泊桑任撰稿人的《吉尔·布拉斯报》也加入了这场争论。

不同的。而每个民族都有正直的人。

我只举一个例子：关于妇女的义务，英国人定在九岁开始，法国人定在十五岁开始。而我呢，我从每一个民族的义务观中都借鉴一点，构成一套完整的和神圣的所罗门国王①的道德类似的义务观。

七月二十七日

好消息。我瘦了六百二十克。这沙泰尔－吉庸的水，真神奇！我带两个寡妇去利奥姆吃晚饭。这个城镇很凄凉，它的名字 Riom 改变一下字母的次序就是 Mori②，对治病的温泉站来说，有这样一个邻居很令人沮丧。

七月二十八日

啪嗒！完了！我的两个寡妇接待了两位来找她们的男士。——想必是两个鳏夫吧。她们今天晚上就走。她们给我写了一个小纸条。

---

① 所罗门国王：古代以色列国王。在位时是以色列最强盛时期。《圣经·撒母耳记》记载他极富智慧。相传《圣经》中的《雅歌》《箴言》是他所写。
② 拉丁文，意为"死亡"。

七月二十九日

孤单一人！去纳舍尔①的古老火山口远足。景色壮丽。

七月三十日

什么情况也没有。治疗。

七月三十一日

同前。

这个美丽的地方密布着散发恶臭的溪流。我向掉以轻心的市政当局指出那可恶的臭水沟正在污染大旅馆前面的公路。这家旅馆的厨房垃圾全都倒进那条沟里，简直成了霍乱病的温床。

八月一日

什么情况也没有。治疗。

---

① 纳舍尔：多姆山脉的一个火山口。

八月二日

游览沙托纳夫①,很开心。这是一个风湿病疗养地,到这个温泉来的人都是为了喝矿泉水。到处都是拄拐杖的人,滑稽极了!

八月三日
什么情况也没有。治疗。

八月四日
同前。

八月五日
同前。

八月六日
令人绝望!我刚称了体重,肥了三百一十克。那

---

① 沙托纳夫:这里指沙泰尔-吉庸北面的沙托纳夫温泉城。

又有什么办法？……

八月七日

乘马车在山里走了七十公里。出于对该处妇女的尊重，我不说出这地方的名字。

是别人建议我到这里一游的，说它很美，而且很少有人来。我赶了四个小时山路，来到一个相当别致的村庄，它位于一条河边，一片胡桃树林里。我在奥弗涅地区还没有见过这么大片的胡桃树林。

其实这也是当地的全部财富了，因为树林是种在村有土地上的。这片土地，从前只是一片荆棘丛生的坡地，当局曾试图把它变为耕地，没有成功，只能勉强饲养几只羊。

多亏了该村的妇

女，今天这里已经成了一片蔚为壮观的胡桃林，而且得了一个奇特的名字："本堂神父先生的赎罪林"。

应该说，与平原的妇女相比，这个山区的女人的轻浮是有名的。一个小伙子遇到女人，至少得吻她们一下；如果他不多吻几下，那只能说明他是傻瓜。

平心而论，这种看事的方式是唯一合乎逻辑、合乎情理的。无论是城里的还是乡下的，既然女人的天然使命就是让男人高兴，男人总应该向她们证明她让他高兴了。如果他不做任何表示，那就意味着他觉得她丑；对女人来说那几乎就是屈辱。如果我是女人，一个男人第一次相遇时没有对我有任何尊敬的表示，我不会第二次接待他，因为我认为他对我的美、我的魅力和我作为女人的优点缺乏尊重。

既然X村的小伙子们经常向本村女人证明他们觉得她们很合自己的口味，而本堂神父也无法禁止这些多情而且自然的表示，他便决定利用这个习俗来达到共同繁荣。他要求失足的女人都在共有土地上种一棵胡桃树，作为赎罪的表示。于是每天夜里人们都可以看到提灯像磷火般在山丘上游荡，因为很少有人愿意在大白天去赎罪。

两年的时间，这片村有土地上已经没有空地了。今天，教堂周围密密麻麻足有三千多棵茂盛的胡桃树，只听教堂的钟声在绿叶丛中回响。这就是本堂神父先生的赎罪林。

而今人们在法国想方设法要植树造林，主管林业的部门何不与教会方面商量一下，采用这位卑微的本堂神父发明的如此简单的方法？

八月七日
治疗。

八月八日
整理行李。向这个安逸、宁静的迷人的地方告别，向青山、幽谷、冷清的游乐场告别。从游乐场远眺，广阔的利马涅平原永远笼罩在淡蓝色的薄雾里。

我明天早晨动身。

笔记到这里为止。我不想再补充什么，我对这地方的印象跟我前面的这位旅客完全不同，因为我没有遇到那两个寡妇！

拉丁文问题 *

* 本篇首次发表于一八八六年九月二日的《高卢人报》；一九〇〇年首次收入保尔·奥朗道尔夫出版社出版的莫泊桑小说集《流动商贩》。

近一段时间把我们搞得晕头转向的拉丁文问题[1]，倒是让我想起了一件往事，一件我年轻时的往事。

我那时住在法国中部一座大城市的一个汤铺老板家，在罗比诺中学的学业即将结束。这所学校以其拉丁文教学水平高而全省闻名。

十年来，在各次比赛中，罗比诺中学都击败了本城的皇家中学和各专区的所有中学，据说它的常胜不败是归功于一个学监，一个普普通通的学监皮克当先生，更确切地说是皮克当大叔。

这是个头发已经全部灰白的半大老头，很难估计出他的

---

[1] 教育家和作家拉乌尔·弗拉里（1842—1892）一八八五年发表《拉丁文问题》一书，以激进的态度认为教授拉丁文无益，引起了关于拉丁文教学存废的争论。莫泊桑在这里指的就是这场争论。

年龄，不过第一眼就能猜出他的经历。他二十岁时就随便进了一所中学当了学监，希望能继续自己的学业，一直学到取得文学学士学位，进而到博士学位；他却被深深地卷进这悲惨的生涯中，做了一辈子学监。不过他对拉丁文的热爱从没有稍减，已经成为缠绕着他的一种病态的激情。他继续读拉丁诗人、散文家、历史学家的作品，对它们又是诠释，又是品评，那么孜孜不倦，简直成了狂癖。

有一天，他突然来了一个主意，就是强迫他教的所有学生都用拉丁文回答他的提问；他坚持按这个决定去做，直到学生们能够跟他进行完整的对话，就仿佛用的是自己的母语。

他像一位乐队指挥在听乐手们排练似的，听学生们讲拉丁语，并时而用戒尺敲着他的斜面讲台：

"勒弗莱尔先生，勒弗莱尔先生，您犯了一个句法错误！您不记得那条规则了吗？……"

"普朗泰尔先生，您这句话的表达方式完全是法文的，根本不像拉丁文。一定要理解一种语言的特征。注意，听我怎么讲……"

就这样，到了年底，罗比诺中学的学生囊括了所有命题的拉丁文翻译和演说奖。

第二年，校长，一个像猴子一样机灵、长相也像猴子一样滑稽可笑的矮小的男人，便让人在学校的章程和广告里印上，并且在学校的大门上用颜料写上：

专长拉丁文教学

高中五个班级荣获五个一等奖

荣获全法国高中、初中会考两个荣誉奖

十年来，罗比诺中学一直是这样无往而不胜。我的父亲受到这些成绩的吸引，便让我做了罗比诺中学的走读生，我们又把罗比诺叫作罗比内托或者罗比内蒂诺；还让皮克当大叔给我做个别辅导,每小时五个法郎,皮克当大叔拿两法郎,校长拿三法郎。我那时十八岁,正在上哲学班[①]。

这些辅导课都在一个朝街的小房间里上。没想到,皮克当大叔并没有像课堂上那样跟我讲拉丁文,而是用法文跟我倾诉起他的悲伤来。这个可怜的老实人,既没有亲人也没有朋友,因为对我产生了好感,就把自己的苦水都倒到我心里。

十年甚至十五年以来,他从未跟一个人单独谈过话。

"我就像荒原上的一棵橡树,"他说,"Sicut quercus in solitudine。"[②]

别的学监都讨厌他;在本城他没有一个认识的人,因为他没有一点空闲时间去交朋友。

"甚至夜里也不行,我的朋友,这是最让我痛苦的。我的全部梦想就是拥有一间房子,还有我的家具,我的书,以及属于我而别人不能碰的各种小东西。可是我却一无所有,除了我的裤子和常礼服,我一无所有,连床垫和枕头都没有!若不是在这个房间里教课,我连关着我的四面墙都没

[①] 哲学班:十九世纪的法国高中,第一年是修辞班,第二年是数学班,第三年是哲学班。

[②] 拉丁文:"我就像荒原上的一棵橡树。"

有。一个人过了一辈子，却从未有过什么权利，也从未有过什么时间，好歹有个地方可以独自一人想一想，思考一下，做点自己的事，哪怕是幻想一会儿。您能了解这一切吗？啊！亲爱的朋友，一把钥匙，一把可以锁上门的钥匙，这就是幸福，我唯一向往的幸福，不过如此！

"这里，白天，是那些调皮的孩子的教室，夜间是同一群鼾声不断的孩子的寝室。而我就睡在两排捣蛋鬼的床的顶端，一张公家的床上，因为我得监督他们。我永远不能单独待一会儿，永远不能！如果我出门，我看到的是满街的人；如果我走累了，走进一家咖啡馆，那儿同样挤满了抽烟和打台球的人。我跟您说，这简直就是一座苦役犯的监狱。"

我问他：

"您为什么不干别的行当呢，皮克当先生？"

他嚷道：

"干什么呢，我的小朋友，干什么呢？我既不是修鞋匠，也不是细木工，也不是制帽匠，既不是面包师，也不是理发师。我呀，我只会拉丁文，而且没有文凭，卖不了大钱。如果我是博士，我现在卖一百苏的东西就能卖一百法郎，即使我提供的货品质量可能还没有这么好，因为我的头衔就足以支持我的声誉。"

有时，他还对我说：

"除了跟您在一起的这几个小时，我生活里没有休息。您别怕，您不会有任何损失。在学习时，我会把时间补回来，让您能讲其他学生两倍的拉丁文。"

有一天，我贸然递给他一支香烟。他先是惊愕地看了我一会儿，然后又向门那儿看了看：

"要是有人进来就糟了，亲爱的朋友！"

"那么，我们在窗口抽。"我对他说。

我们就走过去，俯在临街的窗口，把细细的烟卷藏在拢起的掌心里。

在我们的对面有一家洗衣店，四个穿白色短上衣的女工在摊在面前的衣物上来回移动着又重又烫的熨斗，腾起一股股热气。

忽然，又有一个女工，第五个，挎着一个大篮子，压得她弯着腰，走出来，把洗熨好的衬衫、手绢和床单给顾客送去。她在门口停下，好像已经感觉累了；接着，她抬起头，见我们抽烟便微微一笑，用那只空着的手向我们送了个飞吻，一个无忧无虑的女工那揶揄的飞吻；然后，她就靸着鞋慢慢走远。

这是一个二十岁左右的姑娘,小个儿,有点瘦,苍白,但是挺好看,一副淘气的样子,没有精心梳理的金黄色头发下面的那双眼睛笑盈盈的。

皮克当大叔激动地喃喃说:

"对一个女人来说,这是多么艰苦的职业啊!不折不扣的牛马的活儿。"

老百姓的苦难让他颇为动情。他有一颗多愁善感的民主派的心,他用让-雅克·卢梭[1]的话来谈论工人的辛苦,喉咙都有些哽咽了。

第二天,当我们又俯在那个窗口时,那个女工又看见我们,并且向我们喊道:"你们好,学生们!"话音轻细但是很有风趣,顺便做了一个讪笑的手势。

我扔给她一支香烟,她马上抽起来。另外四个女工冲出门来,伸出手,也都想要一支。

于是,在人行道上的女工和寄宿学校偷闲的人之间,每

---

[1] 让-雅克·卢梭(1712—1778):法国启蒙思想家、哲学家和文学家,《百科全书》的撰稿人之一,主要著作有《社会契约论》《爱弥儿》《论人类不平等的起源和基础》《新爱洛伊丝》《忏悔录》等。

天都进行起这种友好的交易。

皮克当大叔看上去真可笑。他生怕被别人撞见而丢掉饭碗。他做些怯生生、滑稽可笑的动作，活像一出舞台上的爱情哑剧，引得姑娘们频频报以飞吻。

我头脑里不由得萌生出一个鬼主意。一天，走进我们那个房间时，我低声对老学监说：

"不管你信不信，皮克当先生，我刚才碰到那个洗衣店的小女工了！你很清楚，就是那个挎篮子的，我还跟她说话来着！"

我说话的语气让他觉得有点蹊跷，他问：

"她对您说什么了？"

"她对我说……我的天主……她对我说……她觉得您挺

好……总之，我认为……我认为……她有点儿爱上您啦……"

我见他的脸一下子变得煞白。他又说：

"她大概是在拿我取笑。我这把年纪了，不会再遇上这样的事。"

我认真地说：

"为什么？您很好嘛！"

我感到他真被我的诡计打动了，就没有再往下说。

不过，从此我每天都说我遇见了那小个子姑娘，跟她谈到他；他终于相信了我，并且给那个女工送上一些热情而又自信的吻。

不料，一天早晨，去寄宿学校的时候，我真的遇到了她。我毫不犹豫地走上前，就像我认识她已经十来年了似的。

"早上好，小姐。您好吗？"

"非常好，先生，谢谢您。"

"您想抽根烟吗？"

"噢！在街上不大好。"

"您就回去再抽。"

"那么，我很愿意。"

"喂，小姐，您不知道吗？"

"不知道什么,先生?"

"那个老先生,我的老师……"

"皮克当大叔?"

"是呀,皮克当大叔,这么说您知道他的名字?"

"当然啰!那又怎么啦?"

"怎么啦,他爱上您啦!"

她扑哧笑了起来,就像个疯丫头一样,嚷道:

"这是开玩笑!"

"才不呢,这不是开玩笑。给我上课的时候他整堂课讲的都是您。我呀,我敢打赌,他一定会娶您!"

她不笑了。想到结婚,会让所有的女孩都顿时严肃起来。然后,她又不相信地重复道:

"这是开玩笑!"

"我跟您发誓这是真的。"

她又提起放在脚边的篮子,说:

"那么!咱们走着瞧吧。"

然后她就走了。

一进寄宿学校,我就把皮克当大叔拉到一边:

"您要赶快写信给她;她爱您都快发疯了。"

他就写了一封情意绵绵的长信，满纸的成语、婉转用语、隐喻、比喻、哲理用语和学究式的殷勤话，一部真正的诙谐示爱的杰作。这封信由我负责交给了那个年轻姑娘。

她认真而又激动地读完了信，喃喃地说：

"他写得多好啊！看得出他受过教育。他真的会娶我吗？"

我鼓足勇气回答：

"当然啰！他已经豁出去了。"

"那么，他必须星期日请我到花岛吃晚饭。"

我许诺一定会请她。

我把她的事全都跟皮克当大叔说了一遍，他非常感动。

我又说：

"她爱您，皮克当先生；我相信她是个正派的女孩。决不能先勾引人家，接着又抛弃人家！"

他斩钉截铁地回答：

"我也是一个正派

人，我的朋友。"

我得承认，我当时并没有任何计划。我只是开一个玩笑，一个中学生爱开的玩笑，没有一点别的意思。我看准了老学监的天真，他的纯洁无邪，他的心肠软弱。我只顾闹着玩儿却并没有想到事情会如何发展。我十八岁，而且早已是学校里有名的足智多谋的坏包儿。

于是说好了：皮克当大叔和我乘出租马车到牛尾巴渡口，在那里和昂婕尔会合，然后上我的小船，因为那时我还划船。我接着把他们送到花岛，我们三个人一起在那儿吃晚饭。我要求我也必须在场，以便很好地享受我的胜利；而大叔接受了我的安排，这说明他确实已经昏了头，才敢这样冒丢掉饭碗的危险。

我们来到了渡口，我的小船从早上起就已经停在那儿。我发现在草地里，更准

确地说是在岸边高高的草丛里，有一顶红色的大阳伞，犹如一朵奇大无比的丽春花。盛装的小洗衣女工在阳伞下等着我们。我很惊讶：她真的很可爱，虽然脸色有点儿苍白；她还挺优雅，尽管举止带点儿郊区人的味道。

皮克当大叔摘下帽子向她弯腰致礼。她也把手伸给他。他们默默无言地互相看着。接着他们就登上小船，我就划起双桨。

他们肩并肩地坐在船的后部。

大叔先开口：

"河上泛舟，这真是个好天气。"

她低声地说：

"噢，是呀。"

她把手放在水里拖着，手指轻轻划破水面，激起一道薄薄的透明水帘，就像一张玻璃的箔片。这动作随着小船一路发出轻微的响声，一种悦耳的哗哗声。

等我们到了饭店，她话又多了起来。由她点菜：一份油煎鱼，一盘鸡肉和凉拌生菜。吃完饭，她又带我们去岛上玩，她对那儿非常熟悉。

她是那么欢快，顽皮，甚至还挺会嘲弄人。

直到吃甜点的时候也没提到爱情的事。我请大家喝了香槟酒，皮克当大叔醉了。她也有点醉意，喊道：

"皮克当先生。"

他立刻说：

"小姐，拉乌尔先生把我的感情都告诉您了吧。"

她变得像法官一样严肃：

"是的，先生。"

"您回答了吗？"

"绝不会有人回答这样的问题！"

他焦急地喘着气说：

"说穿了吧，是不是有一天我会让您喜欢？"

她微笑着说：

"大傻瓜！您很可爱。"

"说穿了吧，小姐，您是不是

认为以后我们可以……"

她犹豫了片刻,然后用颤抖的声音说:

"您说这些,当真是要娶我?因为您知道我绝不会说'不',是吗?"

"是的,小姐!"

"那么,好吧,皮克内①先生!"

两个冒失鬼就这样互相许诺了由一个捣蛋鬼的胡作非为促成的婚姻。不过我还不敢相信这件事是认真的;或许他们也不相信呢。果真,她有点犹豫起来。

"您知道,我可是一无所有,几个苏也没有。"

他结结巴巴地说,因为他已经醉得像西勒诺斯②:

"我呢,我有五千法郎积蓄。"

她高兴得跳了起来:

"那么,我们不就可以成家立业了吗?"

他又发起愁来:

"咱们立什么业呢?"

---

① 皮克内:皮克当的"当"(dent)字,法语意为"牙齿",皮克内的"内"(nez)字,法语意为"鼻子"。

② 西勒诺斯:希腊神话中的精灵,是个始终处于醉酒状态的秃老头。

"您问我，我怎么知道？咱们再看呗。五千法郎，能干很多事。您总不会要我到寄宿学校去住。是不是？"

直到这时他还根本没有想过未来的事。所以他茫然地结结巴巴地说：

"咱们立什么业呢？这可不那么容易！我除了拉丁文什么也不会！"

轮到她思考了，她把自己曾经妄想过的所有行业都过了一遍。

"您不能当医生吗？"

"不能，我没有文凭。"

"也不能开药房？"

"同样不能。"

她高兴得大叫一声。她找到了：

"那么，咱们就买下一个食品杂货铺！啊！多么好的机会！咱们买下一个食品杂货铺！不要太大；五千法郎的买卖，也不可能做得太大。"

他表示反抗：

"不，我不能做食品杂货商……我……我……大家太了解我了。我……我只会……只会拉丁文。"

但是她往他嘴里灌了满满一杯香槟酒。他喝了下去，不作声了。

我们又登上小船。夜色已经黑了,很黑了。不过我看得很清楚,他们互相搂着腰,而且亲了好几个嘴。

没想到大祸临头。我们溜出去的事被发现了,皮克当大叔被赶出校门。我的父亲很生气,送我去利波岱寄宿学校完成哲学班的学业。

六个星期以后,我通过了高中毕业会考;接着又去巴黎学习法律;两年以后我才重返故乡的城市。

在蛇街的拐角,一家店铺吸引了我的目光。招牌上写着:

皮克当殖民地特产店

为了让没有知识的人也能懂得是什么意思,下面又写着:

食品杂货店

我不禁大声疾呼:

"Quantum mutatus ab illo!"[①]

---

① 拉丁文:"今非昔比啦!"

皮克当抬起头，撇下他的女顾客，伸着双手就向我冲过来：

"啊！我的年轻的朋友，我的年轻的朋友，您可来啦！真让人高兴！真让人高兴！"

一个胖墩墩的漂亮女人急忙从柜台里出来，扑到我怀里。她发福多了，我几乎认不出她来了。

我问：

"还好吗？"

皮克当已经又称起货来，回答我：

"噢！很好，很好，很好。今年，我净赚了三千法郎！"

"那么拉丁文呢，皮克当先生？"

"噢！我的天主，拉丁文，拉丁文，拉丁文，您瞧见了没有，拉丁文是不能当饭吃的！"

科西嘉的故事*

* 本篇首次发表于一八八一年十二月一日出版的《吉尔·布拉斯报》,作者署名"莫弗里涅斯";一九五六年首次收入阿尔班·米歇尔出版社出版由阿尔贝-玛丽·施密特编的《莫泊桑中短篇小说集》第一卷。

最近押解一个科西嘉①犯人从科尔泰②去阿雅克肖③的两个宪兵，可能已经被杀了④。不过，在这片一向有强盗出没的土地上，每年都有宪兵被岛上犯了族间仇杀罪而逃进深

---

① 科西嘉：法国在地中海上的一个大岛，面积8680平方公里，位于法国大陆东南，南隔博尼法乔海峡与意大利撒丁岛相望。原属意大利，一七六九年被法国武力获取，改属法国。岛上通行科西嘉方言。现行政区划为科西嘉单一领土集体，分上科西嘉和南科西嘉两个行省。
② 科尔泰：法国科西嘉岛中部的一个市镇，在阿雅克肖和巴斯蒂亚的中间，四面环山，曾是科西嘉的历史和文化中心，今为上科西嘉省科尔泰专区政府所在地。
③ 阿雅克肖：法国城市，位于法国在地中海上的科西嘉岛西海岸的阿雅克肖湾内，现为科西嘉单一领土集体和南科西嘉省的首府。
④ 一八八一年十一月二十四日的《高卢人报》曾发表这样一则报道："一份阿雅克肖来电宣布：昨天，押解一个犯人的两名宪兵在洛莱托－德－塔拉诺被杀。"二十六日该报进一步说明：犯下这桩谋杀案的是这个犯人的朋友和家人。

山的野蛮农民开膛破肚。据行政官员的估计,目前这个富有传奇性的丛林地带隐蔽着一百五十到二百个这种性质的流亡者,他们在山上的岩石和荆棘间生活,由惧怕他们的当地居民供养着。

我且不说贝拉科斯契亚兄弟[①],他们的强盗身份几乎是公开的,他们占据着奥罗山[②],就在阿雅克肖门口,当局的鼻子底下。科西嘉是法国的一个省,这事情就等于在法国本土上堂而皇之地发生,但是却没有任何人对这种对法律的挑战感到不安。但是,人们对我们在非洲占领区几乎还不确定的边界上几个穿羊皮衬鞋[③]的强盗,流浪的野蛮小部落的窜犯,看法是多么不同啊!

---

① 贝拉科斯契亚兄弟:莫泊桑曾在一八八〇年十月十二日的《高卢人报》发表一题为《科西嘉的强盗》的专栏文章,主要写的就是这两兄弟的所作所为。他们一个拒绝服兵役,一个绑架了哥们儿喜爱的女人,因而躲进科尔泰丛林。"他们二十次险些被抓到,但是由于他们的勇敢、冷静和机智,以及无处不在的亲人的帮助,他们二十次躲过围攻。"
② 奥罗山:意大利文意译为"金山"。科西嘉岛中部罗通多山高原的一个高峰,海拔2390米,是全岛的主要山峰之一。
③ 指日常穿羊皮衬鞋的克鲁米利人,大部分生活在突尼斯西部的让杜巴和贝雅的山区。一八八一年四月,法国借口克鲁米利人侵犯了与之接壤的阿尔及利亚,入侵突尼斯;五月,突尼斯战败,沦为法国的"保护国"。

*

说起这桩杀人案,我就想起在这个美好的岛上的一次旅行和这次旅行中的一次普通的经历,那经历非常普通,但是颇有特点,它让我抓住了这个热衷于报复的民族的性格。

我是要从阿雅克肖去巴斯蒂亚[1]。我先沿着海边走,然后走内陆,穿过荒野的尼奥洛[2]谷地,当地人把这谷地称作自由之邦,因为每当热那亚人、摩尔人或者法国人入侵[3]这个岛屿,科西嘉的游击队员就躲到这个难以进入的地方,而入侵者既不能把他们从那里赶走,也不能把他们在那里征服。

---

[1] 巴斯蒂亚:法国市镇,是科西嘉岛仅次于阿雅克肖的第二大城市,今上科西嘉省省会。

[2] 尼奥洛:一个古老的教区,在科尔泰地区,钦托峰脚下,是科西嘉岛最重要的朝圣地。

[3] 北非的摩尔人从九世纪初起在大约两个世纪的时间里;意大利人,特别是热那亚人,在此后的几个世纪里;法国在十八世纪的大部分时间里,直到一七六八年意大利人失败,让位给法国人,这些外敌都曾入侵并占领科西嘉岛,而科西嘉人从未停止他们的反抗斗争。

为了走这条路，我随身带着几封介绍信，因为在这片荒山僻壤连个客栈也没有，只能像古时一样求人留宿。

这是一个广阔的海湾，被崇山峻岭包围着，就像一个大湖。我先沿着阿雅克肖湾走，很快就进入一个通向山区的谷地。经常要穿过几乎是干涸的激流。似乎有溪水在石头间蠕动，可是只听得见水在奔跑，看不见水。这地方没有耕作过，放眼看去是一片赤野。附近圆圆的山丘上覆盖着高高的茅草，在这烈日炎炎的季节草已经变得焦黄。我偶尔遇到一个当地的居民，或者步行，或者骑在一匹瘦小的马上，但是每个人的背上都背着一杆枪，仿佛时刻准备着，稍受到一点儿欺辱就开枪杀人。

遍布岛上的芳香植物的刺鼻香味充溢着空气，好像把空气也变得浓重了，伸手就可以触摸得到似的；大路在巍峨群山的巨大褶皱里蜿蜒前行，逐渐上升。

有时，我会发现在陡峭的山坡上有一片灰色的东西，就像山顶上滚落下来的一堆石头。那是一个村庄，一个由花岗岩筑成的房屋组成的小村庄，真像一个用钉子挂在那儿的鸟窝，在茫茫的群山上几乎分辨不出来。

远远看去，波浪起伏的大地是那么广袤，参天的栗树森林就像是灌木丛；而那些绿色橡树、刺柏、野草莓树、乳香黄连木、泻鼠李、欧石楠、荚蒾、香桃木和黄杨，被铁线莲、怪异的蕨、忍冬、岩蔷薇、迷迭香、薰衣草、树莓像头发一样缠绕连接起来构成的丛林，就像在我逐渐走近的山坡上铺的理不清的羊毛。

在不断向上攀登的绿色坡地的上方，总是直冲云霄的峰顶的灰色、玫瑰色和淡蓝色的花岗岩。

我带了一些食物准备做午餐。我在一道山区常见的涓涓细流旁坐下；山区常见这种涓涓的细流。这道泉水像一条纤弱、浑圆的水线，清澈，冰凉，从岩石里流出来；尽头有一片树叶，是一个过路人，为了把流水引到他的嘴里，放在那里的。

我骑着一匹总有些兴奋、眼冒凶光、鬃毛直立的小马快步疾驰，绕过辽阔的萨戈纳湾[①]，又穿过卡尔瑞兹[②]。这是一个被驱逐出祖国的希腊难民建立的村庄；几个苗条的漂亮姑娘，身腰婀娜，手指修长，面孔清秀，姿态优雅，围在一个

[①] 萨戈纳湾：科西嘉岛西面沿海地带，位于波尔托湾和阿雅克肖湾之间。
[②] 卡尔瑞兹：法国南科西嘉省市镇。该村庄十七世纪由逃离土耳其人占领的希腊移民建立。

喷泉旁。我一边走着一边赞美她们；她们用甜美的声音说着舍弃了的乡土的悦耳语言回答我。

穿过皮阿纳①，我霍地进入一个奇异的玫瑰色花岗岩的森林，一座石峰、石柱和被岁月、风雨、海水的含盐浪花侵蚀得奇形怪状的岩石的森林。

这些匪夷所思的岩石，有的高达百米，像方尖碑一样细长，有的像蘑菇一样戴着帽子，有的被裁剪成植物的轮廓，有的像树干一样弯曲；它们以精灵、巨人、动物、宏伟建筑和喷泉的外形，以僵化了的人的姿态，被某个神祇千百年前的意愿禁锢在岩石里的超自然的人的姿态，构成了这红色、灰色或者蓝色的迷宫。从这里可以分辨出蹲着的狮子、站着的穿长袍的僧侣、主教、骇人的恶魔、奇大无比的鸟、样子可怕的怪兽。总之，在噩梦中萦绕着人类的奇鸟怪兽应有尽有。

或许世界上再也没有比皮阿纳的这些"卡兰契"②更奇特的被"偶然"制作出来的东西了。

---

① 皮阿纳：法国市镇，位于南科西嘉省。
② "卡兰契"：科西嘉语，意为"特殊的地理造型"。

走出石林,波尔托湾①蓦地出现在我眼前,它整个儿被包围在一道红色花岗岩的高墙里,而这如血的高墙又倒映在碧蓝的海水中。

我艰难地攀过阴森的奥塔②峡谷,在傍晚降临的时候到达埃维萨③,敲响了保利·卡拉布莱迪先生家的门。我有一封一个朋友写给他的信。

这是个身材高大的汉子,微微有点驼背,一副患了肺痨病的人的阴郁的样子。他把我领到我的房间;那是一个四壁空空很寒碜的石头房间,不过在这个地方也算是漂亮的了,虽然它毫无美观可言。他正用他沙哑的嗓音,混杂着法语和意大利语的费解的科西嘉土语,向我表达接待我的愉快;一个清脆的声音打断了他的话,一个褐发的小个子女人,身子瘦瘦的,一双又大又黑的眼睛,皮肤被太阳晒得红红的,无时无刻不咧着的笑口总把牙齿暴露在外面,冲过来拉着我的

---

① 波尔托:科西嘉西部海岸奥塔村的港口,被联合国教科文组织列为世界文化遗产。波尔托濒临的港湾即波尔托湾。
② 奥塔:法国市镇,位于南科西嘉省阿雅克肖专区的山谷中,皮阿纳和埃维萨之间。
③ 埃维萨:法国南科西嘉省西部海岸的一个市镇,位于奥塔峡谷,距奥塔村二十公里。

手摇晃着说：

"您好，先生！还好吗？"

一边说一边除掉我的帽子，解下我的旅行包，用一只手把这一切归置好，因为她的另一只手用绷带吊着。接着，她便急急忙忙地催我们出去，一面对她丈夫说：

"陪先生去逛逛，吃晚饭的时候再回来。"

卡拉布莱迪先生就和我肩并肩走起来。他脚步慢吞吞的，说话也慢吞吞的，并且频频地咳嗽着，咳嗽一阵就重复一遍：

"都怪这山谷里的空气，它凉①，一直凉到我的胸膛里。"

他领着我走在一条隐没在巨大栗树下的小路上，突然停住，用他的总是平淡的语调说：

"我的表哥让·里纳尔迪就是在这儿被马蒂厄·罗利杀死的。瞧，我当时就站在这儿，紧挨着让，马蒂厄出现在离我们十步远的地方，大声说：'让，不准你去阿尔贝塔切②，不准你去，让，不然我就打死你，我可是说到做到的。'我

---

① 法文的"空气"是阳性名词，形容词"凉"也应随之用阳性的 frais，这个科西嘉人在这里错说为阴性的 fraîche。
② 阿尔贝塔切：法国市镇，位于上科西嘉省，在科尔泰专区境内。

拉住让的胳膊说：'那就别去吧，让，他真会这么做的。'（这是为了一个叫波丽娜·希纳库皮的姑娘，他们俩都追求她）但是让叫喊起来：'我一定要去，马蒂厄，你是挡不住我的。'我还没有来得及把枪瞄准，马蒂厄就对准让先开了枪。让像孩子跳绳一样两脚腾空猛地蹦了一下，是的，先生，就整个身子栽倒在我身上，把我的枪都撞落到地上，一直滚到那边那棵粗大的栗树脚下。让张大了嘴，但是一个字也没说出来，就死了。"

我目瞪口呆，望着目睹这桩罪行但却神色不变的见证人。我问：

"那个凶手呢？"

保利·卡拉布莱迪咳嗽了很久，然后说：

"他上山了。第二年，我的弟弟把他杀了。您一定知道，我的弟弟，卡拉布莱迪，著名的强盗，对吧？……"

我结结巴巴地说："您的弟弟……一个强盗……？"

神色泰然的科西嘉人眼里闪过一道骄傲的亮光。

"是呀，先生，他可是个大名鼎鼎的人物；他干倒过十四个宪兵。他是和尼古拉·莫拉利一起死的，当时他们被包围在尼奥洛，整整打了六天，最后饿死的。"

他用听天由命的语气接着说：

"这地方就是这样。"

就像他谈到自己的肺痨时说：

"这山谷的空气就是凉。"

为了挽留我，第二天他们组织了一次打猎，接下来的一天又组织了一次。我和这些灵活的山里人在沟壑间东奔西突。他们不停地向我讲述着强盗们和被开膛破肚的宪兵们的奇遇，以及无休无止、直到满门灭绝的族间仇杀的故事。他们也像我的主人那样，经常会补充一句：

"这地方就是这样。"

我在那儿待了四天，那个年轻的科西嘉女人，无疑有点太瘦小，但是挺可爱，气质一半像农妇一半像贵妇，对待我就像对待一个兄弟，一个知己，一个多年的老朋友。

和她分别的时候，我把她拉到我的房间里，耐心地向她说明我并不想送给她礼物，但是我坚持，甚至生气地坚持，回去以后一定要从巴黎寄点什么给她，作为我在这里逗留过的纪念。

她抗拒了好一会儿，不愿意接受。最后她答应了。"好吧,"她说,"那就寄给我一把小手枪,小小的手枪。"我睁大了眼睛。她就像吐露一个推心置腹的秘密似的,压低了声音,神情诡秘地说:"这是为了杀掉我的小叔子。"这一次,我简直是大惊失色了。于是她急忙解开裹着她那条不能动弹的胳膊的绷带,让我看她的圆圆的雪白的胳膊上的一个伤口;那是被尖刀对穿戳伤的,不过几乎已经完全愈合。"如果我不是跟他一样强壮,他那次就把我杀死了,"她说,"我丈夫不吃醋,他是了解我的;再说,他有病,您是知道的,所以他比较冷静。再说,我,我是个正派女人,先生。但是我的小叔子,人家跟他说什么他都相信。他替我的丈夫吃醋,他肯定不会放过我的。到时候,如果我有一把小手枪,我就一定能杀掉他。"

我答应寄手枪给她。我履行了我的诺言,并且让人在枪把上刻下这样几个字:"供您复仇之用"。